新文艺

中国现代文学大师读本

鲁迅自剖小说

王晓明 编

上海文艺出版社

目 录

序 ………………………………… 王晓明

狂人日记 ……………………………… 1

孔乙己 ………………………………… 16

故乡 …………………………………… 23

端午节 ………………………………… 36

祝福 …………………………………… 47

在酒楼上 ……………………………… 70

孤独者 ………………………………… 83

伤逝
　——涓生的手记 …………………… 112

弟兄 …………………………………… 138

序

王晓明

如果不算《故事新编》，鲁迅创作白话小说的时间并不长，从一九一八年四月以《狂人日记》向《新青年》投稿，到一九二五年十一月写完《离婚》，总共才七年半。作品也不多，两本小说集《呐喊》和《彷徨》，一共收入二十五篇作品，而严格说起来，其中有几篇还不能算是小说。但是，就以这薄薄的两本小说集，鲁迅为中国现代小说标出了一个鲜明的高度，直到今天，还很难说有谁在整体上超过了他。大约也就因为这个原因，七十年过去了，今天的读者仍然愿意读他的小说，像我这样的文学研究者，也仍然有兴趣选编他的小说集。

在粗略的意义上，似乎可以将鲁迅的小说分为两类。一类自然是像《药》和《阿Q正传》那样，刻画形形色色的病态的灵魂，它们汇聚成"改造国民性"的启蒙的呐喊，不但激动了当时的读者的心，也引来了后代的许多作家，将它们奉为创作的榜样。因此，这一类作品历来受到文学界的广泛推崇，被认定是鲁迅小说中价值最高的部分。但鲁迅还有另一类小说，它们不像《药》那样指向作者眼中的他人，它们主要的描写对象，很大程度上正是作者自己。当然，仔细分析起来，这些作品也有不同，像《孤独者》和《伤逝》，是直截了当地自我剖析；在《端午节》和《祝福》里，作者却似乎有点迟疑，他一面展开自我描写，一面又有意无意地作些掩饰；至于《狂人日记》、《孔乙己》和《故乡》那样的作品，自我描写的成分就更是淡薄，在某种意义上，你简直只能将它们看成是《孤独者》那样的自剖小说的先声。但是，尽管有这些不同，这一批作品却共同形成了鲁迅小说中的自我形象，清晰地展现出他通过自我描述和自我解剖来把握自己的艰难的内心历程。在鲁迅一生的精神发展中，自我剖析始终是一个关键的环节；越是一个优秀的作家，就越不可能仅仅只描写他人。因此，鲁迅的这一批自剖小说，正构成了他小说创作的一个极其重要的方面，倘以今天的眼光来看，我甚至觉得它们的重要性明显超过了《药》和它的同类。

在这个选本里，我要向读者推荐的，正是鲁迅的这一批自我剖析的小说。

鲁迅曾经对一位日本朋友说："我是散文式的人"，①这除了解释他不喜欢读诗，是不是也可以解释他不喜欢写诗呢？诗和散文的区别，绝不只是文字形式，它们其实代表着作家对于世俗生活的不同态度。诗的世界属于天国，它总要将世俗的气息排除干净。诗人也正如下凡的天使，他举着诗意和美的火把，照亮每个人心中与生俱来的灵气，他要将他们引入审美感悟的迷幻状态，使他们能在精神上超越自己猥琐的世俗存在。但鲁迅并非这样的诗人，即便对世俗生活整个绝望了，他也无意借文学来逃避世俗。当伏案疾书，全身心投入艺术创造的时候，他固然会常常忘记自己的现实境遇，但这"忘记"的结果，却是能够更专注地审视世俗，更深切地感受黑暗。一九一四年他与朋友闲谈，连声称赞吴敬梓的《儒林外史》，说："我总想把绍兴社会黑暗的一角写出来，可惜不能像吴氏那样写五河县风俗一般的深刻。……不能写整的，我就捡一点来写。"② 已经被

---

① 《鲁迅书信集》（下）第1205页，人民文学出版社1976年版。
② 张宗祥：《我所知道的鲁迅》，薛绥之主编《鲁迅生平史料汇编》第89页，天津人民出版社1983年版。

黑暗逼入了死角，还不思逃避，心心念念要将这黑暗刻画出来，倘是一个崇尚天国的诗人，一定会摇头叹气：这人实在不可救药。但也正因为这样，鲁迅的小说就像他的社会评论一样，也成为他世俗意识的一面镜子。创作毕竟是一种情感性的活动，无论他多么矜持，一旦写入了神，他的许多内心隐情都会不自觉地流入笔下，他的创作的这一面镜子，就常常比那些社会评论更为明亮。不用说，在二十年代中期，他那急于挣脱虚无感的紧张的身影，也同样清晰地印在他的小说之中。我甚至觉得，比起那些观念上的自我修订，他这时期的文学创作，恐怕更是他驱逐内心"鬼气"的主要战场。

你也许会不同意：驱逐虚无主义的"鬼气"，这是鲁迅内心极其隐秘的冲动，他写小说，却是为了启蒙的呐喊，他自己就明确说，是要借它来改良社会，[①] 他恐怕不会愿意在小说中表现这种极其个人化的隐情吧？可我觉得，这是误解了他。文学究竟是怎么一回事，他从来就很清楚。他知道诗人的心灵应该博大，要"感得全人间世，而同时又领会天国之极乐和地狱之大苦恼。"[②]

---

① 《南腔北调集》第83页，人民文学出版社1958年版。
② 《集外集拾遗》第128页，人民文学出版社1959年版。

他也知道，一味"宣传爱国主义"，绝不能产生"伟大的诗人"。① 倘说他的世俗意识当中，确有两个声音对他发令，一个要他用创作传播启蒙思想，一个则要他宣泄自己的人生苦闷，他上面的两段话，早已将这两个声音的轻重分量，掂得一清二楚。到二十年代中期，他的心理天平还愈益向后者倾斜。他自己翻译厨川白村的《苦闷的象征》，热烈赞同这本书的基本思想："生命力受了压抑而生的苦闷懊恼乃是文艺的根柢。"② 他又用格言的句式，简捷地写道："创作是有社会性的。但有时只要有一个人看便满足了：好友，爱人。"③ 一九二七年春天他更断言："没有思索和悲哀的地方，就不会有文学。"④ 语气是如此肯定，他和早先那个启蒙主义的创作动机，实际上已经分手了。

他对自己的小说的评价，也证实了这一点。他最引人注目的小说是《阿Q正传》，可他自己真正喜欢的，却不是这一类作品。《呐喊》出版以后，有人问他：你最喜欢其中哪一篇？他笑

---

① 《译文序跋集》第45页，人民文学出版社1977年版。
② 鲁迅：《译文序跋集》第105页（《苦闷的象征·引语》），人民文学出版社1977年版。
③ 《而已集》第96页，人民文学出版社1958年版。
④ 山上日义：《谈鲁迅》（《鲁迅生平史料汇编》）第四辑第295页。

笑说,是《孔乙己》。如果谁为了翻译他的小说而请他自荐,他一定也是先提出《孔乙己》。他甚至自己动手,将这篇小说译成日文,送到日文杂志上发表。有一次和朋友闲谈,他还将《药》和《孔乙己》作过比较,说他不喜欢《药》一类的写法,因为太不从容。① 的确,以这"从容"的标准来看,《孔乙己》是相当出色的作品,它也是要表现绍兴社会的一角,却没有设立《药》那样触目的主题,通篇都是以一种散文式的笔调,挟着隐隐的哀伤缓缓道来,社会和人心的冷酷薄情,反而表现得异常深切。从那些貌似平淡的叙述当中,你能强烈地感受到作者少年经历的影响,体会到他当年出入当铺时的痛苦心情。在《呐喊》集中,这可说是呐喊的火气最弱,作者的内心隐痛却表现得最饱满的一篇,鲁迅如此偏爱它,正显出了他创作的真正的兴趣所在。

所以,即便在二十年代初期,他个人对人生的悲苦体验,已经在小说中越涌越多。它们不但侵蚀那些明确的启蒙主题,就连作者表示一点空泛的乐观意愿,它们也要围上去破坏。我

---

① 孙伏园:《孔乙己》(《鲁迅先生二三事》第27页,作家书屋1945年版)。

印象最深的是《故乡》。这是一篇祈祷希望的小说，借昔日"美丽"的故乡和现在破败的故乡的对比，也借"我"与闰土、宏儿和水生的不同的交往，更用了结尾的一段话，强调对于将来的希望。但是，这种祈祷从一开始便遭到破坏。首先是许多具体的景物描写，从"苍皇的天底下"，到"瓦楞上许多枯草的断茎当风抖着"，从闰土脸上"全然不动"地刻着的"许多皱纹"，到杨二嫂的凸颧骨和薄嘴唇，它们都向你拂去一股寒飕飕的冷气，使你不知不觉就陷入一种凄凉的心境，请想想，一旦陷入这种心境，你又如何响应作者的祈祷？再就是对这希望本身的描述，什么海边沙地上的碧绿的西瓜，什么手执明晃晃钢叉的少年，金黄色的圆月，等等，色彩都涂得那样鲜艳，反而令人觉得生硬，尤其是最后那直抒希望的文字，句式和节奏犹如杂文，读者在一派细致的抒情氛围中骤遇这样的文字，难免会感到突兀，有这突兀的感觉隔在中间，他又如何能与它发生共鸣？连这点题的文字的句式，都在暗暗地削弱主题，鲁迅这时候的小说中，的确没有什么东西，敌得过他的个人苦闷的流露了。

正是这个渴望表现内心苦闷的强大的冲动，促使鲁迅把自己作为主要的描写对象。说到底，他在二十年代中期的最大的苦闷，就是不知道自己会变成什么样子。绥惠略夫式的绝望也好,虚无主义的"鬼气"也好,都站在前面向他招手,他不愿受它们的蛊惑,却发现双脚不由自主地向它们走去,在那些心境最阴郁的时刻,他简直都不认识自己了。一个人失去对自己的把握,这是最严重的精神危机,鲁迅越是明白这一点,就越要拼命找回对自己的把握。要"找回",就先得把自己的灵魂摊开来,即便其中是"鬼气"蒸腾,也只能把眼睛凑上去,不把一样东西看清楚了,你怎么把握它?因此,他越是想驱逐内心的"鬼气",就越要作深入的自我分析,他当时还不愿全卸下自己的面具,不愿向公众全露出自己的血肉,要探究自己的灵魂,利用小说自然更为方便。倘说在《孔乙己》那样的作品中,他常常还是不自觉地现出自身的一角,现在情形却不同了,他有心要画出自己的脸和心。

其实,早在一九二二年夏天写短篇小说《端午节》的时候,他已经忍不住正面来描画自己了。主人公方玄绰,在某部做官,又在学校兼课,常常给杂志写一点文章,家里则有沉闷的夫妻生活,除了有个读书的孩子,其他方面都和作者颇为相像,甚至包括他的姓,有一段时间,鲁迅的朋友们给他取绰号,就是叫的"方老五"。当然不能说方玄绰就是鲁迅,但他的生活状况,却正是鲁迅可能遭遇的一种状况,尤其是他那构成小说中心题旨的"差不多"论,更令人联想到鲁迅同时或稍后几年发表的许多杂文,譬如《以小即大》,譬如《杂语》。不过,作者似乎又没有打定主意正式来分析自己,他一面从自己身上取材,一面又扭曲这些素材,他用一种戏谑化的方式,夸张那原先带有自剖意味的细节,再掺进一些演绎和变形的成分,使你乍一看,真会以为他是在写别人。可是,他的叙述笔调又一次拆了他的台。这是一种颇为暧昧的笔调,有一点揶揄,也有一点袒护,有时候像在讽刺,有时候又漏出同情,只要把它和另一篇稍后写下的《幸福的家庭》的叙述笔调比较一下,你就会看出作者并不真能像写别人那样从容自如。方玄绰在屈辱中苦苦撑持,日渐沮丧的那一份心境,不知不觉就会绊住他的笔。

但到一九二四年写《祝福》的时候,他的犹豫显然消除了。这篇小说似乎是继续《孔乙己》和《明天》的思路,借祥林嫂的故事来表现绍兴社会的一角。可是,就在用平实的白描手法写出祥林嫂的一生的同时,他又忍不住用了另一种繁复曲折的句式,对作品中的"我"细加分析,不惜将"我"的自语和祥林嫂的故事,隔成明显不同的两大块。他是那样不怕麻烦,翻来覆去谈论"我"在祥林嫂面前的支吾其词,你就难免要猜想,他最关心的恐怕并不是祥林嫂。如果还记得他搬出八道湾时,与朱安作的那一番谈话,如果也能够想象,他面对朱安欲言又止的复杂心态,我想谁都能看出,他这种分析"我"的"说不清"的困境的强烈兴趣,是来自什么地方。在他的小说中,《祝福》是一个转折,正从这一篇起,他的自我分析正式登场了。他把它排在《彷徨》的卷首,这从他的小说的变化来看,不正是一个恰当的提示吗?

接着写出的是短篇小说《在酒楼上》。"我"重返故乡,却在酒楼上遇见昔日的同事吕纬甫,先前是那样一个敏捷精悍的人,曾和"我"同去城隍庙里拔神像的胡子,和别人议论"改革中国的方法"竟至于"打起来",现在却行动迂缓,神情颓唐,一副潦倒相。他奉母亲之命回乡来迁小兄弟的坟,明明已经找不到骨殖,却将原葬处的土胡乱捡一些装进新棺材,煞有介事地迁走,掩埋;又受母亲之托,给原先邻居家的顺姑送两朵剪绒花,可这姑娘已经病死,他就将花随便送人,却打算回去说,"阿顺见了喜欢的了不得"。他甚至甘愿给富家子弟教《孟子》和《女儿经》:"这些无聊的事算什么?只要随随便便……"这样一个吕纬甫,和作者有什么相干?可你再仔细看看,他身上分明映着作者的影子。给小兄弟迁坟和顺姑的病死,都是作者亲历的事情,他选用自己的经历作素材,总含有几分自我分析的意思。我特别要请你注意,吕纬甫一手擎着烟卷,对"我"似笑非笑说出的话:"我在少年时,看见蜂子或蝇子停在一个地方,给什么来一吓,即刻飞去了,但是飞了一个小圈子,便又回来停在原地点,便以为这实在很可笑,也可怜。可不料现在我自己也飞回来了,不过绕了一点小圈子";"这样总算完结了一件事,足够去骗骗我的母亲";"你似乎还有些期望我,……这使我很感激,然而也使我很不安,怕我终于辜负了至今对我怀着好意的老朋友"——这不正是鲁迅也会说的话么?明知如此,却愿意另讲一套去"骗人"的想法,一看见有谁对自己怀有期待,便深觉不安的心情,都是他后来公开表示过的;那飞了一圈又停回原处的人生概括,也是他对自己用过多次的。至于他那看穿一切价值,顾"自己苦苦过活"的虚无感,不就是吕纬甫的"随随便便"吗?倘若他真是顺着虚无感的道路一直走下去,多半就会和吕纬甫成为同路。从这个意义上说,《在酒楼上》正是作者对自己内心"鬼气"的一次专注的描述,主人公的精神历程,正是他从那"鬼气"的某一面概括出来的。甚至吕纬甫的脸相,都会令人想到他:"乱蓬蓬的须发","苍白的长方脸","又浓又黑的眉毛"——这不就是鲁迅么?

再来看那个"我"。小说的全部叙述都是依"我"的视线展开,一面是"我"看到的吕纬甫,一面是"我"对吕纬甫的评价,小说从头到尾,这两部分总是交织在一起,因此,吕纬甫的故事再打动人,"我"总是隔在中间,破坏读者和主人公的情绪共鸣。看得出,作者很看重这个"我",为了让它一直在场,不惜设计那样一个呆板的叙述结构,让吕纬甫在酒楼上对着"我"长篇大论,滔滔不绝,小说的大部分都成了带引号的独白。他为什么要这样做?请看小说的结尾:"我们一同走出店门,他所住的旅馆和我的方向正好相反,就在门口分别了。我独自向着自己的旅馆走,寒风和雪片扑在脸上,倒觉得很爽快。见天色已是黄昏,和屋宇和街道都织在密雪的纯白而不定的罗网里。"① 一种如释重负的轻松,一种从窒闷潮湿的地方走出来,可以深深地吸一口气的畅快,这正显出了作者凸出那个"我"的用心所在,他固然要描述"鬼气",目的却是想摆脱它,就在描绘出自己思想发展的某一种可能性,对它细加吟味的同时,他心中早有一个声音发出警告:你必须和它划清界限。

到了这一步,鲁迅驱逐内心"鬼气"的思想战场,已经在他的小说中充分展开。《在酒楼上》呈现出这样一个"我"与吕

---

① 本段及前段中所引文字,均出自《在酒楼上》。

纬甫面面相对的结构，更表明他已经发动了进攻。从小说的结尾来看，胜利似乎是在"我"一边，鲁迅似乎是有能力告别吕纬甫式的沮丧了。

但是，写于一年半之后的《孤独者》，却表明情况并非如此。这一回，作者描写主人公魏连殳，是比对吕纬甫更无顾忌，几乎就是照着自己的肖像来描画他。首先是相貌："一个短小削瘦的人，长方脸，蓬松的头发和浓黑的须眉占了一脸的小半，只见两眼在黑气里发光"，这与他在绍兴教书时的相貌几乎一模一样。其次是行状："对人总是爱理不理的，却常喜欢管别人的闲事；常说家庭应该破坏，一领薪水却一定立即寄给他的祖母"，还"喜欢发表文章"，"发些没有顾忌的议论"，倘将祖母换成母亲，就不都是他自己的事么？再就是思想，魏连殳先是相信"孩子总是好的，他们全是天真"，结果却被"天真"的孩子仇视了，于是生出幻灭和憎恶，这段历程简直就是从他的头脑中录下来的。至于魏连殳借祖母一生所发的长篇议论，他写给"我"的那一封信，特别是其中的许多话，更是非鲁迅不会有，唯有他才写得出的。小说的许多素材，像魏连殳殓葬祖母，在城中遇受流言和恶意的包围，都是取自作者的亲历，也没有夸张，几乎就是实录。甚至一些细节，譬如小孩子拿一片草叶说"杀！"也是他在其他地方用过，改也不改就搬来的。在鲁迅的全部小说中，还没有一个人物像魏连殳这样酷似作者，你当可想象，那种直接剖析自己的冲动，已经在他的创作中膨胀到什么程度。

从表面上看，作者描述魏连殳的态度，和对吕纬甫一样，他也设置了一个"我"，它在小说叙事结构中的位置，和《在酒楼上》里的"我"完全相同。甚至结尾也一样，而且更直截了当："我快步走着，仿佛要从一种沉重的东西中冲出，但是不能够。耳朵中有什么挣扎着，久之，久之，终于挣扎出来了，隐约像是长嗥，像一匹受伤的狼，当深夜在旷野中嗥叫，惨伤里夹杂着愤怒和悲哀。我的心境就轻松起来，坦然地在潮湿的石路上走，月光底下。"但是，你再仔细看进去，就会发现，他的态度其实远不像这结尾表现的这样明确。他把魏连殳描写成那样一个刚强的人，他对人生有幻想，可一旦看穿了，却又比谁都透彻，譬如对那"一大一小"的评论，就显示了对人心的异乎寻常的深察，一个人对亲戚都能看得如此透彻，还有什么人心的卑劣能惊骇他呢？对待社会的压迫，他的抵抗更是十分坚决，绝不像吕纬甫那样软弱，那样缺乏承受力，就连最后的自戕式的毁灭，也是对黑暗的报复，大有一种以自己的腐烂来加剧社会腐烂的意味。你看他已经被放进棺材了，还是"很不妥帖地躺着"，到死都不是一个顺民。作者的这样的描写，势必会促人发问：连魏连殳最后都失败了，难道面对中国的黑暗，吕纬甫那样软弱的人要颓唐，魏连殳式的刚硬的人也同样要绝望？在这样的问题面前，无论结尾如何强调"我"的快步逃脱，都难以转移读者的视线吧。与《在酒楼上》相比，作者对"鬼气"的探究是大大深化了。

作者态度上的暧昧尤其表现在小说的第三节中。"我"当面批评魏连殳："那你可错误了。人们其实并不这样。你实在亲手造了独头茧，将自己裹在里面了。你应该将世间看得光明些。"这其实是作者对自己说的话。虚无感也好，怀疑心也好，都是从一个根子上长出来的，那就是对人世的不信任。中国的社会也确实可怕，一个人稍微有一点悟性，又有一点记性，便很容易陷入这种心境。鲁迅一直想要摆脱这种心境，他对自己最可说的一句话，就正是"人们其实并不这样"。可你听魏连殳的回答："也许如此罢。但是，你说：那丝是怎么来的？"① 在整篇小

---

① 本段中所引文字均出自《孤独者》。

说中，这是最令人震撼的一句话，它不但把"我"的全部责难都击得粉碎，而且把小说的标题一下子放大，将它直推到读者面前，使你无法回避作者选取这个标题时的悲苦用心。是的，一个被虚无感缠绕住的人，正是一个最孤独的人，鲁迅在十年前就饱尝过这份孤独，现在又发现自己再一次深深地陷入其中。他当然想摆脱，可另一种咀嚼这孤独的欲望又那样强烈，正是这份复杂的心态使他写出了这么一个魏连殳，他在证实了"鬼气"会将你引向什么样的毁灭的同时，又证实了你将无法摆脱那"鬼气"的引领。与吕纬甫几乎正相反，魏连殳让人感到的，是"鬼气"的雄辩和"我"的嗫嚅。

在写出《孤独者》之后仅仅四天，鲁迅又写下了短篇小说《伤逝》。它在形式上和《祝福》颇为相似，也是在"我"的自叹自剖当中，嵌进一个第三人称的故事。因此它也是用两副笔墨，写到"我"的心理活动，用那种曲折繁复的句式；叙述子君和涓生的恋爱，则用那明白如话的白描句式。甚至小说关注的话题，也有相承之处，《祝福》不是讨论过"我"应否对祥林嫂说真话吗？《伤逝》中涓生的最大的悔恨，就正在对子君说了实话："我没有负着虚伪的重担的勇气，却将真实的重担卸给她了。"但我觉得，就创作的动机而言，《伤逝》和《孤独者》更为接近。魏连殳是"孤独者",这孤独的尽头是毁灭。那么,不再孤独,照着《孤独者》中的"我"的意思,另外去寻一条生路,这生路又会将你引向何方?作者在《伤逝》中展开的,正是这样一种探究,他同样是用涓生和子君来模拟自己人生道路的某一种可能性。不用说,答案依旧是否定的,在社会和内心的双重打击下,子君死去了,涓生抱着悔恨的心情迁回原住的会馆。尽管他像《在酒楼上》和《孤独者》中的"我"一样,在小说的结尾奋力挣扎:"我要向着新的生路跨进第一步去……"但那和子君相爱的悲剧依然罩在他头上,以至他竟要"用遗忘和说谎做我的前导!"①《伤逝》提供给作者的,还是一个老结论:此路不通。

在评论陀斯妥也夫斯基的时候,鲁迅说:"凡是人的灵魂的伟大的审问者,同时也一定是伟大的犯人。审问者在堂上举劾着他的恶,犯人在阶下陈述着他自己的善;审问者在灵魂中揭发污秽,犯人在所揭发的污秽中阐明那埋藏的光耀。"②他能如此理解陀斯妥也夫斯基,显然有自己的体验,他的小说创作,

---

① 本段中所引文字均出自《伤逝》。
② 《穷人·小引》(《集外集》第93页,人民文学出版社1959年版)。

又何尝不是如此呢？他通过那个"我"，在小说中一一举劾和揭发自己灵魂中的"鬼气"，从吕纬甫到涓生的一系列人物，却一一陈述那"鬼气"的合理性和必然性，阐明它的深刻的光辉。非但如此，从《祝福》到《伤逝》，审问者的气势越来越弱，犯人的辩声却越来越高，这更是他始料不及的吧。他在一个星期中连续写下《孤独者》和《伤逝》，却不像对《阿Q正传》那样立刻送出去刊载，直至第二年收入《彷徨》，都没有单独发表，这是否正表明他的惶惑，他不知道该怎样处理这些小说？我想到他在《小杂感》中的话：创作有时候"只要有一个人看便满足"，什么叫"一个人看"？除了给朋友和爱人，是否也是给自己看？继《伤逝》之后，他又写下两篇小说，《弟兄》和《离婚》。《弟兄》对沛君的内心隐情的揭发，似乎比对涓生更为犀利，《离婚》中弥漫的那股冷气，也令人联想到《孤独者》。但是，作者那种深刻的自我举劾，在作品中日渐隐晦，《离婚》里是完全看不见了。从《祝福》开始，鲁迅的内心之门逐渐打开，到《孤独者》和《伤逝》，这门已经开得相当大。也许是开得太大，使他自己都觉得不安了？倘真是如此，他的头一个本能反应，就是赶紧关门。我觉得，《弟兄》和《离婚》的一个突出意义，就是表现了作者的一种也许并不自觉的内心收缩：他原是想借小说来驱逐内心"鬼气",却没有想到它反而利用了文学创作的特殊法则,在他内心膨胀得更为巨大,情急之下,他只好先丢开笔再说了。写完《离婚》,他果然停止了小说创作。

我深深地为鲁迅感到惋惜。人们一直都在喟叹,说二十世纪的中国没有大作家。七十年来,中国出现了许多富于才华的小说家,他们也都能程度不同地获得一份独特的人生感受,但是,他们似乎都无力使这份感受进一步深化,即便是其中的出类拔萃者,也多半只能重复自己,几乎没有人能够在奏出第一首动人的旋律之后,再唱出第二首更动人的歌。

但鲁迅似乎是个例外,他不但有像《药》和《阿Q正传》那样的小说,极其深刻地解剖大众的灵魂,更有像《在酒楼上》、《孤独者》和《伤逝》那样的小说,同样深刻地解剖自己的灵魂。无论是表达的方式,还是表达的内容,这两类小说都是那样不同,你甚至可以说后者正构成了对前者的一种情感上的否定。因此,倘说《阿Q正传》是代表着鲁迅小说创作的第一乐章的辉煌的完成,那《孤独者》就无疑标志着他已经开始了第二乐章的创作,魏连殳的自毁正是这乐章的一个动人的开端。也许我太偏执,我总以为,从整个人类社会的角度来看,个人的各种使命当中，最重要的就是发挥他个人的独特才能。就鲁迅而言，他写杂文，直接参加政治斗争，当然是对社会的贡献，但是，这贡献却是别人也可以做的，他能将瞿秋白的杂文署上自己的笔名发表，便是一个明显的例证。然而，却没有人能够代替他写小说，尤其没有人能代替他写《孤独者》，在这一方面，现代中国没有一个人的作品配署"鲁迅"这个名字。倘若这样来看，鲁迅最重要的人生使命，恐怕就不在当一名"锲而不舍"的启蒙者，而在做一名悲愤深刻的小说家，不在写杂文，而在写小说，不仅是写《阿Q正传》，更是写《孤独者》。既然魏连殳的绝望，是表现了现代中国知识分子的一份最独特也最深刻的人生情怀，那鲁迅顺着《孤独者》的思路写下去，又势将创造出怎样伟大的悲剧作品来？就对世界文学的贡献来讲，这样的悲剧至少是不会比《阿Q正传》缺乏分量吧。

可是，鲁迅偏偏停止了小说创作，在以《孤独者》一类作品构成了那样一个坚实的碑座之后，他竟放弃了在其上继续建造艺术丰碑的努力，中国新文学的唯一条有可能通向世界文学高峰的道路，也就因此而中途截断，面对这样无情的事实，谁能不感到深深的悲哀？文学是属于全人类的，我们评价一个作家的标准，也只能是以世界文学作为参照。如果这样来看，我就不能不说，鲁迅是一个伟大的启蒙者，却还算不上一个伟大的小说家，尽管以他的人生体验和文学才能而言，他本来是有可能成为这样的小说家的。

狂人日记

　　某君昆仲①，今隐其名，皆余昔日在中学校时良友；分隔多年，消息渐阙。日前偶闻其一大病；适归故乡，迂道往访，则仅晤一人，言病者其弟也。劳君远道来视，然已早愈，赴某地候补②矣。因大笑，出示日记二册，谓可见当日病状，不妨献诸旧友。持归阅一过，知所患盖"迫害狂"之类。语颇错杂无伦次，又多荒唐之言；亦不著月日，惟墨色字体不一，知非一时所书。间亦有略具联络者，今撮录一篇，以供医家研究。记中语误，一字不易；惟人名虽皆村人，不为世间所知，无关大体，然亦悉易去。至于书名，则本人愈后所

---

① 昆仲：称他人兄弟的敬辞。
② 候补：清代官制，只有官衔而没有实际职务的中下级官员，由吏部抽签分发到某部或某省，听候委用，称为候补。

题，不复改也。七年四月二日识。

一

今天晚上，很好的月光。

我不见他，已是三十多年；今天见了，精神分外爽快。才知道以前的三十多年，全是发昏；然而须十分小心。不然，那赵家的狗，何以看我两眼呢？

我怕得有理。

二

今天全没月光，我知道不妙。早上小心出门，赵贵翁的眼色便怪：似乎怕我，似乎想害我。还有七八个人，交头接耳的议论我，又怕我看见。一路上的人，都是如此。其中最凶的一个人，张着嘴，对我笑了一笑；我便从头直冷到脚跟，晓得他们布置，都已妥当了。

我可不怕，仍旧走我的路。前面一伙小孩子，也在那里议论我；眼色也同赵贵翁一样，脸色也都铁青。我想我同小孩子有什么仇，他也这样。忍不住大声说,"你告诉我!"他们可就跑了。

我想:我同赵贵翁有什么仇,同路上的人又有什么仇;只有廿年以前,把古久先生的陈年流水簿子①,踹了一脚,古久先生很不高兴。赵贵翁虽然不认识他,一定也听到风声,代抱不平;约定路上的人,同我作冤对。但是小孩子呢?那时候,他们还没有出世,何以今天也睁着怪眼睛,似乎怕我,似乎想害我。这真教我怕,教我纳罕而且伤心。

我明白了。这是他们娘老子教的!

三

晚上总是睡不着。凡事须得研究,才会明白。

他们——也有给知县打枷过的,也有给绅士掌过嘴的,也有衙役占了他妻子的,也有老子娘被债主逼死的;他们那时候的脸色,全没有昨天这么怕,也没有这么凶。

最奇怪的是昨天街上的那个女人,打他儿子,嘴里说道,"老子呀!我要咬你几口才出气!"他眼睛却看着我。我吃了一惊,遮掩不

---

① 古久先生的陈年流水簿子:这里比喻我国封建主义统治的长久历史。

住；那青面獠牙的一伙人，便都哄笑起来。陈老五赶上前，硬把我拖回家中了。

拖我回家，家里的人都装作不认识我；他们的眼色，也全同别人一样。进了书房，便反扣上门，宛然是关了一只鸡鸭。这一件事，越教我猜不出底细。

前几天，狼子村的佃户来告荒，对我大哥说，他们村里的一个大恶人，给大家打死了；几个人便挖出他的心肝来，用油煎炒了吃，可以壮壮胆子。我插了一句嘴，佃户和大哥便都看我几眼。今天才晓得他们的眼光，全同外面的那伙人一模一样。

想起来，我从顶上直冷到脚跟。

他们会吃人，就未必不会吃我。

你看那女人"咬你几口"的话，和一伙青面獠牙人的笑，和前天佃户的话，明明是暗号。我看出他话中全是毒，笑中全是刀。他们的牙齿，全是白厉厉的排着，这就是吃人的家伙。

照我自己想，虽然不是恶人，自从踹了古家的簿子，可就难说了。他们似乎别有心思，我全猜不出。况且他们一翻脸，便说人是恶人。我还记得大哥教我做论，无论怎样好人，翻他几句，他便打上几个圈；原谅坏人几句，他便说"翻天妙手，与众不同"。我那里猜得到他们的心思，究竟怎样；况且是要吃的时候。

凡事总须研究，才会明白。古来时常吃人，我也还记得，可是不甚清楚。我翻开历史一查，这历史没有年代，歪歪斜斜的每叶上都写着"仁义道德"几个字。我横竖睡不着，仔细看了半夜，才从字缝里看出字来，满本都写着两个字是"吃人"！

书上写着这许多字，佃户说了这许多话，却都笑吟吟的睁着怪眼睛看我。

我也是人，他们想要吃我了！

四

早上，我静坐了一会。陈老五送进饭来，一碗菜，一碗蒸鱼；这鱼的眼睛，白而且硬，张着嘴，同那一伙想吃人的人一样。吃了几筷，滑溜溜的不知是鱼是人，便把他兜肚连肠的吐出。

我说"老五，对大哥说，我闷得慌，想到园里走走。"老五不答应，走了；停一会，可就来开了门。

我也不动，研究他们如何摆布我；知道他们一定不肯放松。果然！我大哥引了一个老头子，慢慢走来；他满眼凶光，怕我看出，只是低头向着地，从眼镜横边暗暗看我。大哥说，"今天你仿佛很好。"我说"是的。"大哥说，"今天请何先生来，给你诊一诊。"我说"可以！"其实我岂不知道这老头子是刽子手扮的！无非借了看脉这名目，揣一揣肥瘠：因这功劳，也分一片肉吃。我也不怕；虽然不吃人，胆子却比他们还壮。伸出两个拳头，看他如何下手。老头子坐着，闭了眼睛，摸了好一会，呆了好一会；便张开他鬼眼睛说，"不要乱想。静静的养几天，就好了。"

不要乱想，静静的养！养肥了，他们是自然可以多吃；我有什么好处，怎么会"好了"？他们这群人，又想吃人，又是鬼鬼祟祟，想法子遮掩，不敢直捷下手，真要令我笑死。我忍不住，便放声大笑起来，十分快活。自己晓得这笑声里面，有的是义勇和正气。老头子和大哥，都失了色，被我这勇气正气镇压住了。

但是我有勇气，他们便越想吃我，沾光一点这勇气。老头子跨出门，走不多远，便低声对大哥说道，"赶紧吃罢！"大哥点点头。原来也有你！这一件大发见，虽似意外，也在意中：合伙吃我的人，便是我的哥哥！

吃人的是我哥哥！

我是吃人的人的兄弟！

我自己被人吃了，可仍然是吃人的人的兄弟！

五

这几天是退一步想：假使那老头子不是刽子手扮的，真是医生，也仍然是吃人的人。他们的祖师李时珍做的"本草什么"① 上，明明写着人肉可以煎吃；他还能说自己不吃人么？

至于我家大哥，也毫不冤枉他。他对我讲书的时候，亲口说过可以"易子而食"②；又一回偶然议论起一个不好的人，他便说不但该杀，还当"食肉寝皮"。我那时年纪还小，心跳了好半天。前天狼子村佃户来说吃心肝的事，他也毫不奇怪，不住的点头。可见心思是同从前一样狠。既然可以"易子而食"，便什么都易得，什么人都吃得。我从前单听他讲道理，也胡涂过去；现在晓得他讲道理的时候，不但唇边还抹着人油，而且心里满装着吃人的意思。

---

① 本草什么：指明代李时珍的药物学著作《本草纲目》。该书曾提到唐代陈藏器《本草拾遗》中以人肉医治痨病的记载，并表示了异议。这里说李时珍的书"明明写着人肉可以煎吃"，当是"狂人"的"记中语误"。
② 易子而食：语见左传宣公十五年，是宋将华元对楚将子反叙说宋国都城被楚军围困时的惨状："敝邑易子而食，析骸而爨"。

六

黑漆漆的，不知是日是夜。赵家的狗又叫起来了。

狮子似的凶心，兔子的怯弱，狐狸的狡猾，……

七

我晓得他们的方法，直捷杀了，是不肯的，而且也不敢，怕有祸祟。所以他们大家连络，布满了罗网，逼我自戕。试看前几天街上男女的样子，和这几天我大哥的作为，便足可悟出八九分了。最好是解下腰带，挂在梁上，自己紧紧勒死；他们没有杀人的罪名，又偿了心愿，自然都欢天喜地的发出一种呜呜咽咽的笑声。否则惊吓忧愁死了，虽则略瘦，也还可以首肯几下。

他们是只会吃死肉的！——记得什么书上说，有一种东西，叫"海乙那"①的，眼光和样子都很难看；时常吃死肉，连极大的骨头，都细细嚼烂咽下肚子去，想起来也教人害怕。"海乙那"是狼的

---

① 海乙那：英语 Hyena 的音译，即鬣狗（又名土狼），一种食肉兽。

亲眷，狼是狗的本家。前天赵家的狗，看我几眼，可见他也同谋，早已接洽。老头子眼看着地，岂能瞒得我过。

最可怜的是我的大哥，他也是人，何以毫不害怕；而且合伙吃我呢？还是历来惯了，不以为非呢？还是丧了良心，明知故犯呢？

我诅咒吃人的人，先从他起头；要劝转吃人的人，也先从他下手。

八

其实这种道理，到了现在，他们也该早已懂得，……

忽然来了一个人；年纪不过二十左右，相貌是不很看得清楚，满面笑容，对了我点头，他的笑也不像真笑。我便问他，"吃人的事，对么？"他仍然笑着说，"不是荒年，怎么会吃人。"我立刻就晓得，他也是一伙，喜欢吃人的；便自勇气百倍，偏要问他。

"对么？"

"这等事问他什么。你真会……说笑话。……今天天气很好。"

天气是好，月色也很亮了。可是我要问你，"对么？"

他不以为然了。含含胡胡的答道，"不……"

"不对？他们何以竟吃?！"

"没有的事……"

"没有的事？狼子村现吃；还有书上都写着，通红斩新！"

他便变了脸，铁一般青。睁着眼说，"有许有的，这是从来如此……"

"从来如此，便对么？"

"我不同你讲这些道理；总之你不该说，你说便是你错！"

我直跳起来，张开眼，这人便不见了。全身出了一大片汗。他的年纪，比我大哥小得远，居然也是一伙；这一定是他娘老子先教的。还怕已经教给他儿子了；所以连小孩子，也都恶狠狠的看我。

九

自己想吃人，又怕被别人吃了，都用着疑心极深的眼光，面面相觑。……

去了这心思，放心做事走路吃饭睡觉，何等舒服。这只是一条门槛，一个关头。他们可是父子兄弟夫妇朋友师生仇敌和各不相识的人，都结成一伙，互相劝勉，互相牵掣，死也不肯跨过这一步。

十

大清早，去寻我大哥；他立在堂门外看天，我便走到他背后，拦住门，格外沉静，格外和气的对他说：

"大哥，我有话告诉你。"

"你说就是，"他赶紧回过脸来，点点头。

"我只有几句话，可是说不出来。大哥，大约当初野蛮的人，都吃过一点人。后来因为心思不同，有的不吃人了，一味要好，便变了人，变了真的人。有的却还吃，——也同虫子一样，有的变了鱼鸟猴子，一直变到人。有的不要好，至今还是虫子。这吃人的人比不吃人的人，何等惭愧。怕比虫子的惭愧猴子，还差得很远很远。

"易牙①蒸了他儿子，给桀纣吃，还是一直从前的事。谁晓得从盘古开辟天地以后，一直吃到易牙的儿子；从易牙的儿子，一直吃到徐锡林②；从徐锡林，又一直吃到狼子村捉住的人。去年城里杀了犯人，还有一个生痨病的人，用馒头蘸血舐。

"他们要吃我，你一个人，原也无法可想；然而又何必去入伙。

---

① 易牙：春秋时齐国人，善于调味。这里说的"易牙蒸了他儿子，给桀纣吃"，也是"狂人语颇错杂无伦次"的表现。

② 徐锡林：(1873—1907)，浙江绍兴人，清末革命团体光复会的重要成员。1907年与秋瑾准备在浙、皖两省同时起义，七月六日，他以安徽巡警处会办兼巡警学堂监督身份为掩护，乘学堂举行毕业典礼之机刺死安徽巡抚恩铭，率领学生攻占军械局，弹尽被捕，当时惨遭杀害！心肝被恩铭的卫队挖出炒食。

吃人的人，什么事做不出；他们会吃我，也会吃你，一伙里面，也会自吃。但只要转一步，只要立刻改了，也就人人太平。虽然从来如此，我们今天也可以格外要好，说是不能！大哥，我相信你能说，前天佃户要减租，你说过不能。"

当初，他还只是冷笑，随后眼光便凶狠起来，一到说破他们的隐情，那就满脸都变成青色了。大门外立着一伙人，赵贵翁和他的狗，也在里面，都探头探脑的挨进来。有的是看不出面貌，似乎用布蒙着；有的是仍旧青面獠牙，抿着嘴笑。我认识他们是一伙，都是吃人的人。可是也晓得他们心思很不一样，一种是以为从来如此，应该的；一种是知道不该吃，可是仍然要吃，又怕别人说破他，所以听了我的话，越发气愤不过，可是抿着嘴冷笑。

这时候，大哥也忽然显出凶相，高声喝道，

"都出去！疯子有什么好看！"

这时候，我又懂得一件他们的巧妙了。他们岂但不肯改，而且早已布置；预备下一个疯子的名目罩上我。将来吃了，不但太平无事，怕还会有人见情。佃户说的大家吃了一个恶人，正是这方法。这是他们的老谱！

陈老五也气愤愤的直走进来。如何按得住我的口，我偏要对这伙人说，

"你们可以改了,从真心改起!要晓得将来容不得吃人的人,活在世上。

"你们要不改,自己也会吃尽。即使生得多,也会给真的人除灭了,同猎人打完狼子一样!——同虫子一样!"

那一伙人,都被陈老五赶走了。大哥也不知那里去了。陈老五劝我回屋子里去,屋里面全是黑沉沉的。横梁和椽子都在头上发抖;抖了一会,就大起来,堆在我身上。

万分沉重,动弹不得;他的意思是要我死。我晓得他的沉重是假的,便挣扎出来,出了一身汗。可是偏要说,

"你们立刻改了,从真心改起!你们要晓得将来是容不得吃人的人,……"

十一

太阳也不出,门也不开,日日是两顿饭。

我捏起筷子,便想起我大哥;晓得妹子死掉的缘故,也全在他。那时我妹子才五岁,可爱可怜的样子,还在眼前。母亲哭个不住,他却劝母亲不要哭;大约因为自己吃了,哭起来不免有点过意不去。如果还能过意不去,……

妹子是被大哥吃了,母亲知道没有,我可不得而知。

母亲想也知道;不过哭的时候,却并没有说明,大约也以为应当的了。记得我四五岁时,坐在堂前乘凉,大哥说爷娘生病,做儿子的须割下一片肉来,煮熟了请他吃,① 才算好人;母亲也没有说不行。一片吃得,整个的自然也吃得。但是那天的哭法,现在想起来,实在还教人伤心,这真是奇极的事!

十二

不能想了。

四千年来时时吃人的地方,今天才明白,我也在其中混了多年;大哥正管着家务,妹子恰恰死了,他未必不和在饭菜里,暗暗给我们吃。

我未必无意之中,不吃了我妹子的几片肉,现在也轮到我自己,……

有了四千年吃人履历的我,当初虽然不知道,现在明白,难见

---

① 指"割股疗亲",即割取自己的股肉煎药,以医治父母的重病。这是封建社会的一种愚孝行为。

真的人!

十三

没有吃过人的孩子,或者还有?

救救孩子……

一九一八年四月

孔乙己

鲁镇的酒店的格局,是和别处不同的:都是当街一个曲尺形的大柜台,柜里面预备着热水,可以随时温酒。做工的人,傍午傍晚散了工,每每花四文铜钱,买一碗酒,——这是二十多年前的事,现在每碗要涨到十文,——靠柜外站着,热热的喝了休息;倘肯多花一文,便可以买一碟盐煮笋,或者茴香豆,做下酒物了,如果出到十几文,那就能买一样荤菜,但这些顾客,多是短衣帮,大抵没有这样阔绰。只有穿长衫的,才踱进店面隔壁的房子里,要酒要菜,慢慢地坐喝。

我从十二岁起,便在镇口的咸亨酒店里当伙计,掌柜说,样子太傻,怕侍候不了长衫主顾,就在外面做点事罢。外面的短衣主顾,虽然容易说话,但唠唠叨叨缠夹不清的也很不少。他们往往要亲眼看着黄酒从坛子里舀出，看过壶子底里有水没有，又亲看将壶子放在热水里，然后放心：在这严重监督之下，羼水也很为难。所以过了几天，掌柜又说我干不了这事。幸亏荐头的情面大，辞退不得，便改为专管温酒的一种无聊职务了。

我从此便整天的站在柜台里，专管我的职务。虽然没有什么失职，但总觉有些单调，有些无聊。掌柜是一副凶脸孔，主顾也没有好声气，教人活泼不得；只有孔乙己到店，才可以笑几声，所以至今还记得。

孔乙己是站着喝酒而穿长衫的唯一的人。他身材很高大；青白脸色，皱纹间时常夹些伤痕；一部乱蓬蓬的花白的胡子。穿的虽然是长衫，可是又脏又破，似乎十多年没有补，也没有洗。他对人说话，总是满口之乎者也，教人半懂不懂的。因为他姓孔，别人便从描红纸①上的"上大人孔乙己"这半懂不懂的话里，替他取下一个绰号，叫作孔乙己。孔乙己一到店，所有喝酒的人便都看着他笑，有的叫道，"孔乙己，你脸上又添上新伤疤了！"他不回答，对柜里说，"温两碗酒，要一碟茴香豆。"便排出九文大钱。他们又故意的高声嚷道，"你一定又偷了人家的东西了！"孔乙己睁大眼睛说，

---

① 描红纸：一种印有红色楷字，供儿童摹写毛笔字用的字帖。

"你怎么这样凭空污人清白……""什么清白?我前天亲眼见你偷了何家的书,吊着打。"孔乙己便涨红了脸,额上的青筋条条绽出,争辩道,"窃书不能算偷……窃书!……读书人的事,能算偷么?"接连便是难懂的话,什么"君子固穷"①,什么"者乎"之类,引得众人都哄笑起来:店内外充满了快活的空气。

听人家背地里谈论,孔乙己原来也读过书,但终于没有进学②,又不会营生;于是愈过愈穷,弄到将要讨饭了。幸而写得一笔好字,便替人家钞钞书,换一碗饭吃。可惜他又有一样坏脾气,便是好喝懒做。坐不到几天,便连人和书籍纸张笔砚,一齐失踪。如是几次,叫他钞书的人也没有了。孔乙己没有法,便免不了偶然做些偷窃的事。但他在我们店里,品行却比别人都好,就是从不拖欠;虽然间或没有现钱,暂时记在粉板上,但不出一月,定然还清,从粉板上拭去了孔乙己的名字。

孔乙己喝过半碗酒,涨红的脸色渐渐复了原,旁人便又问道,

---

① "君子固穷":语见《论语·卫灵公》。"固穷"即"固守其穷",不以穷困而改变操守的意思。
② 进学:明清科举制度,童生经过县考初试,府考复试,再参加由学政主持的院考(道考),考取的列名府、县学籍,叫进学,也就成了秀才。又规定每三年举行一次乡试(省一级考试),由秀才或监生应考,取中的就是举人。

"孔乙己,你当真认识字么?"孔乙己看着问他的人,显出不屑置辩的神气。他们便接着说道,"你怎的连半个秀才也捞不到呢?"孔乙己立刻显出颓唐不安模样,脸上笼上了一层灰色,嘴里说些话;这回可是全是之乎者也之类,一些不懂了。在这时候,众人也都哄笑起来:店内外充满了快活的空气。

在这些时候,我可以附和着笑,掌柜是决不责备的。而且掌柜见了孔乙己,也每每这样问他,引人发笑。孔乙己自己知道不能和他们谈天,便只好向孩子说话。有一回对我说道,"你读过书么?"我略略点一点头。他说,"读过书,……我便考你一考。茴香豆的茴字,怎样写的?"我想,讨饭一样的人,也配考我么?便回过脸去,不再理会。孔乙己等了许久,很恳切的说道,"不能写罢?……我教给你,记着!这些字应该记着。将来做掌柜的时候,写账要用。"我暗想我和掌柜的等级还很远呢,而且我们掌柜也从不将茴香豆上账;又好笑,又不耐烦,懒懒的答他道,"谁要你教,不是草头底下一个来回的回字么?"孔乙己显出极高兴的样子,将两个指头的长指甲敲着柜台,点头说,"对呀对呀!……回字有四样写法①,你知道么?"

---

① 回字有四样写法:回字通常只有三种写法:回、囘、囬。第四种写作𡆸(见《康熙字典·备考》),极少见。

我愈不耐烦了,努着嘴走远。孔乙己刚用指甲蘸了酒,想在柜上写字,见我毫不热心,便又叹一口气,显出极惋惜的样子。

有几回,邻舍孩子听得笑声,也赶热闹,围住了孔乙己。他便给他们茴香豆吃,一人一颗。孩子吃完豆,仍然不散,眼睛都望着碟子。孔乙己着了慌,伸开五指将碟子罩住,弯腰下去说道,"不多了,我已经不多了。"直起身又看一看豆,自己摇头说,"不多不多!多乎哉?不多也。"① 于是这一群孩子都在笑声里走散了。

孔乙己是这样的使人快活,可是没有他,别人也便这么过。

有一天,大约是中秋前的两三天,掌柜正在慢慢的结账,取下粉板,忽然说,"孔乙己长久没有来了。还欠十九个钱呢!"我才也觉得他的确长久没有来了。一个喝酒的人说道,"他怎么会来?……他打折了腿了。"掌柜说,"哦!""他总仍旧是偷。这一回,是自己发昏,竟偷到丁举人家里去了。他家的东西,偷得的么?""后来怎么样?""怎么样?先写服辩②,后来是打,打了大半夜,再打折了

---

① "多乎哉?不多也":语见《论语·子罕》:"大宰问于子贡曰:'夫子圣者与?何其多能也!'子贡曰:'固天纵之将圣,又多能也。'子闻之,曰:'大宰知我乎?吾少也贱,故多能鄙事。'君子多乎哉?不多也。"这里与原意无关。
② 服辩:又作伏辩,即认罪书。

腿。""后来呢?""后来打折了腿了。""打折了怎样呢?""怎样?……谁晓得?许是死了。"掌柜也不再问,仍然慢慢的算他的账。

中秋过后,秋风是一天凉比一天,看看将近初冬;我整天的靠着火,也须穿上棉袄了。一天的下半天,没有一个顾客,我正合了眼坐着。忽然间听得一个声音,"温一碗酒。"这声音虽然极低,却很耳熟。看时又全没有人。站起来向外一望,那孔乙己便在柜台下对了门槛坐着。他脸上黑而且瘦,已经不成样子;穿一件破夹袄,盘着两腿,下面垫一个蒲包,用草绳在肩上挂住;见了我,又说道,"温一碗酒。"掌柜也伸出头去,一面说,"孔乙己么?你还欠十九个钱呢!"孔乙己很颓唐的仰面答道,"这……下回还清罢。这一回是现钱,酒要好。"掌柜仍然同平常一样,笑着对他说,"孔乙己,你又偷了东西了!"但他这回却不十分分辩,单说了一句"不要取笑!""取笑?要是不偷,怎么会打断腿?"孔乙己低声说道,"跌断,跌,跌……"他的眼色,很像恳求掌柜,不要再提。此时已经聚集了几个人,便和掌柜都笑了。我温了酒,端出去,放在门槛上。他从破衣袋里摸出四文大钱,放在我手里,见他满手是泥,原来他便用这手走来的。不一会,他喝完酒,便又在旁人的说笑声中,坐着用这手慢慢走去了。

自此以后,又长久没有看见孔乙己。到了年关,掌柜取下粉板说,"孔乙己还欠十九个钱呢!"到第二年的端午,又说"孔乙己还欠十九个钱呢!"到中秋可是没有说,再到年关也没有看见他。

我到现在终于没有见——大约孔乙己的确死了。

一九一九年三月

故　乡

我冒了严寒,回到相隔二千余里,别了二十余年的故乡去。

时候既然是深冬;渐近故乡时,天气又阴晦了,冷风吹进船舱中,呜呜的响,从篷隙向外一望,苍黄的天底下,远近横着几个萧索的荒村,没有一些活气。我的心禁不住悲凉起来了。

阿!这不是我二十年来时时记得的故乡?

我所记得的故乡全不如此。我的故乡好得多了。但要我记起他的美丽,说出他的佳处来,却又没有影像,没有言辞了。仿佛也就如此。于是我自己解释说:故乡本也如此,——虽然没有进步,也未必有如我所感的悲凉,这只是我自己心情的改变罢了,因为我这次回乡,本没有什么好心绪。

我这次是专为了别他而来的。我们多年聚族而居的老屋,已经公同卖给别姓了，交屋的期限，只在本年，所以必须赶在正月初一以前，永别了熟识的老屋，而且远离了熟识的故乡，搬家到我在谋食的异地去。

第二日清早晨我到了我家的门口了。瓦楞上许多枯草的断茎当风抖着，正在说明这老屋难免易主的原因。几房的本家大约已经搬走了，所以很寂静。我到了自家的房外，我的母亲早已迎着出来了，接着便飞出了八岁的侄儿宏儿。

我的母亲很高兴，但也藏着许多凄凉的神情，教我坐下，歇息，喝茶，且不谈搬家的事。宏儿没有见过我，远远的对面站着只是看。

但我们终于谈到搬家的事。我说外间的寓所已经租定了，又买了几件家具，此外须将家里所有的木器卖去，再去增添。母亲也说好，而且行李也略已齐集，木器不便搬运的，也小半卖去了，只是收不起钱来。

"你休息一两天，去拜望亲戚本家一回，我们便可以走了。"母亲说。

"是的。"

"还有闰土，他每到我家来时，总问起你，很想见你一回面。我已经将你到家的大约日期通知他，他也许就要来了。"

这时候，我的脑里忽然闪出一幅神异的图画来：深蓝的天空中挂着一轮金黄的圆月,下面是海边的沙地,都种着一望无际的碧绿的西瓜,其间有一个十一二岁的少年,项带银圈,手捏一柄钢叉,向一匹猹①尽力的刺去,那猹却将身一扭,反从他的胯下逃走了。

这少年便是闰土。我认识他时,也不过十多岁,离现在将有三十年了;那时我的父亲还在世,家景也好,我正是一个少爷。那一年,我家是一件大祭祀的值年②。这祭祀,说是三十多年才能轮到一回,所以很郑重;正月里供祖像,供品很多,祭器很讲究,拜的人也很多,祭器也很要防偷去。我家只有一个忙月(我们这里给人做工的分三种:整年给一定人家做工的叫长年;按日给人做工的叫短工;自己也种地,只在过年过节以及收租时候来给一定的人家做工的称忙月),忙不过来,他便对父亲说,可以叫他的儿子闰土来管祭器的。

我的父亲允许了;我也很高兴,因为我早听到闰土这名字,而

---

① 猹:作者在一九二九年五月四日致舒新城的信中说:"猹"字是我据乡下人所说的声音,生造出来的,读如"查"。……现在想起来,也许是獾罢。

② 大祭祀的值年:封建社会中的大家族,每年都有祭祀祖先的活动,费用从族中"祭产"收入支取,由各房按年轮流主持,轮到的称为"值年"。

且知道他和我仿佛年纪,闰月生的,五行缺土①,所以他的父亲叫他闰土。他是能装弶捉小鸟雀的。

我于是日日盼望新年,新年到,闰土也就到了。好容易到了年末,有一日,母亲告诉我,闰土来了,我便飞跑的去看。他正在厨房里,紫色的圆脸,头戴一顶小毡帽,颈上套一个明晃晃的银项圈,这可见他的父亲十分爱他,怕他死去,所以在神佛面前许下愿心,用圈子将他套住了。他见人很怕羞,只是不怕我,没有旁人的时候,便和我说话,于是不到半日,我们便熟识了。

我们那时候不知道谈些什么,只记得闰土很高兴,说是上城之后,见了许多没有见过的东西。

第二日,我便要他捕鸟。他说:

"这不能。须大雪下了才好。我们沙地上,下了雪,我扫出一块空地来,用短棒支起一个大竹匾,撒下秕谷,看鸟雀来吃时,我远远地将缚在棒上的绳子只一拉,那鸟雀就罩在竹匾下了。什么都有:

---

① 五行缺土:旧社会所谓算"八字"的迷信说法。即用天干(甲乙丙丁戊己庚辛壬癸)和地支(子丑寅卯辰巳午未申酉戌亥)相配,来记一个人出生的年、月、日、时,各得两字,合为"八字";又认为它们在五行(金、木、水、火、土)中各有所属,如甲乙寅卯属木,丙丁巳午属火等等,如八个字能包括五者,就是五行俱全。"五行缺土",就是这八个字中没有属土的字,需用土或土作偏旁的字取名等办法来弥补。

稻鸡，角鸡，鹁鸪，蓝背……"

我于是又很盼望下雪。

闰土又对我说：

"现在太冷，你夏天到我们这里来。我们日里到海边捡贝壳去，红的绿的都有，鬼见怕也有，观音手①也有。晚上我和爹管西瓜去，你也去。"

"管贼么？"

"不是。走路的人口渴了摘一个瓜吃，我们这里是不算偷的。要管的是獾猪，刺猬，猹。月亮地下，你听，啦啦的响了，猹在咬瓜了。你便捏了胡叉，轻轻地走去……"

我那时并不知道这所谓猹的是怎么一件东西——便是现在也没有知道——只是无端的觉得状如小狗而很凶猛。

"他不咬人么？"

"有胡叉呢。走到了，看见猹了，你便刺。这畜生很伶俐，倒向你奔来，反从胯下窜了。他的皮毛是油一般的滑……"

我素不知道天下有这许多新鲜事：海边有如许五色的贝壳；西

---

① 鬼见怕和观音手，都是小贝壳的名称。旧时浙江沿海的人把这种小贝壳用线串在一起，戴在孩子的手腕或脚踝上，认为可以"避邪"。这类名称多是根据"避邪"的意思取的。

瓜有这样危险的经历,我先前单知道他在水果店里出卖罢了。

"我们沙地里,潮汛要来的时候,就有许多跳鱼儿只是跳,都有青蛙似的两个脚……"

阿!闰土的心里有无穷无尽的希奇的事,都是我往常的朋友所不知道的。他们不知道一些事,闰土在海边时,他们都和我一样只看见院子里高墙上的四角的天空。

可惜正月过去了,闰土须回家里去,我急得大哭,他也躲到厨房里,哭着不肯出门,但终于被他父亲带走了。他后来还托他的父亲带给我一包贝壳和几支很好看的鸟毛,我也曾送他一两次东西,但从此没有再见面。

现在我的母亲提起了他,我这儿时的记忆,忽而全都闪电似的苏生过来,似乎看到了我的美丽的故乡了。我应声说:

"这好极!他,——怎样?……"

"他?……他景况也很不如意……"母亲说着,便向房外看,"这些人又来了。说是买木器,顺手也就随便拿走的,我得去看看。"

母亲站起身,出去了。门外有几个女人的声音。我便招宏儿走近面前,和他闲话:问他可会写字,可愿意出门。

"我们坐火车去么?"

"我们坐火车去。"

"船呢？"

"先坐船，……"

"哈！这模样了！胡子这么长了！"一种尖利的怪声突然大叫起来。

我吃了一吓，赶忙抬起头，却见一个凸颧骨，薄嘴唇，五十岁上下的女人站在我面前，两手搭在髀间，没有系裙，张着两脚，正像一个画图仪器里细脚伶仃的圆规。

我愕然了。

"不认识了么？我还抱过你咧！"

我愈加愕然了。幸而我的母亲也就进来，从旁说：

"他多年出门，统忘却了。你该记得罢，"便向着我说，"这是斜对门的杨二嫂，……开豆腐店的。"

哦，我记得了。我孩子时候，在斜对门的豆腐店里确乎终日坐着一个杨二嫂，人都叫伊"豆腐西施"①。但是擦着白粉，颧骨没有这么高，嘴唇也没有这么薄，而且终日坐着，我也从没有见过这圆规式的姿势。那时人说：因为伊，这豆腐店的买卖非常好。但这大约因为年龄的关系，我却并未蒙着一毫感化，所以竟完全忘却了。

---

① 西施：春秋时越国的美女，后来用以泛称一般美女。

然而圆规很不平,显出鄙夷的神色,仿佛嗤笑法国人不知道拿破仑,美国人不知道华盛顿似的,冷笑说:

"忘了?这真是贵人眼高……"

"那有这事……我……"我惶恐着,站起来说。

"那么,我对你说。迅哥儿,你阔了,搬动又笨重,你还要什么这些破烂木器,让我拿去罢。我们小户人家,用得着。"

"我并没有阔哩。我须卖了这些,再去……"

"阿呀呀,你放了道台①了,还说不阔?你现在有三房姨太太;出门便是八抬的大轿,还说不阔?吓,什么都瞒不过我。"

我知道无话可说了,便闭了口,默默的站着。

"阿呀阿呀,真是愈有钱,便愈是一毫不肯放松,愈是一毫不肯放松,便愈有钱……"圆规一面愤愤的回转身,一面絮絮的说,慢慢向外走,顺便将我母亲的一副手套塞在裤腰里,出去了。

此后又有近处的本家和亲戚来访问我。我一面应酬,偷空便收拾些行李,这样的过了三四天。

---

① 道台:清朝官职道员的俗称,分总管一个区域行政职务的道员和专掌某一特定职务的道员。前者是省以下、府州以上的行政长官;后者掌管一省特定事务,如督粮道、兵备道等。辛亥革命后,北洋政府也曾沿用此制,改称道尹。

一日是天气很冷的午后，我吃过午饭，坐着喝茶，觉得外面有人进来了，便回头去看。我看时，不由的非常出惊，慌忙站起身，迎着走去。

这来的便是闰土。虽然我一见便知道是闰土，但又不是我这记忆上的闰土了。他身材增加了一倍；先前的紫色的圆脸，已经变作灰黄，而且加上了很深的皱纹；眼睛也像他父亲一样，周围都肿得通红，这我知道，在海边种地的人，终日吹着海风，大抵是这样的。他头上是一顶破毡帽，身上只一件极薄的棉衣，浑身瑟索着；手里提着一个纸包和一支长烟管，那手也不是我所记得的红活圆实的手，却又粗又笨而且开裂，像是松树皮了。

我这时很兴奋，但不知道怎么说才好，只是说：

"阿！闰土哥，——你来了？……"

我接着便有许多话，想要连珠一般涌出：角鸡，跳鱼儿，贝壳，猹，……但又总觉得被什么挡着似的，单在脑里面回旋，吐不出口外去。

他站住了，脸上现出欢喜和凄凉的神情；动着嘴唇，却没有作声。他的态度终于恭敬起来了，分明的叫道：

"老爷！……"

我似乎打了一个寒噤；我就知道，我们之间已经隔了一层可悲的厚障壁了。我也说不出话。

他回过头去说,"水生,给老爷磕头。"便拖出躲在背后的孩子来,这正是一个廿年前的闰土,只是黄瘦些,颈子上没有银圈罢了。"这是第五个孩子,没有见过世面,躲躲闪闪……"

母亲和宏儿下楼来了,他们大约也听到了声音。

"老太太。信是早收到了。我实在喜欢的了不得,知道老爷回来……"闰土说。

"阿,你怎的这样客气起来。你们先前不是哥弟称呼么?还是照旧:迅哥儿。"母亲高兴的说。

"阿呀,老太太真是……这成什么规矩。那时是孩子,不懂事……"闰土说着,又叫水生上来打拱,那孩子却害羞,紧紧的只贴在他背后。

"他就是水生?第五个?都是生人,怕生也难怪的;还是宏儿和他去走走。"母亲说。

宏儿听得这话,便来招水生,水生却松松爽爽同他一路出去了。母亲叫闰土坐,他迟疑了一回,终于就了坐,将长烟管靠在桌旁,递过纸包来,说:

"冬天没有什么东西了。这一点干青豆倒是自家晒在那里的,请老爷……"

我问问他的景况。他只是摇头。

"非常难。第六个孩子也会帮忙了,却总是吃不够……又不太平……什么地方都要钱,没有定规……收成又坏。种出东西来,挑去卖,总要捐几回钱,折了本;不去卖,又只能烂掉……"

他只是摇头;脸上虽然刻着许多皱纹,却全然不动,仿佛石像一般。他大约只是觉得苦,却又形容不出,沉默了片时,便拿起烟管来默默的吸烟了。

母亲问他,知道他的家里事务忙,明天便得回去;又没有吃过午饭,便叫他自己到厨下炒饭吃去。

他出去了;母亲和我都叹息他的景况:多子,饥荒,苛税,兵,匪,官,绅,都苦得他像一个木偶人了。母亲对我说,凡是不必搬走的东西,尽可以送他,可以听他自己去拣择。

下午,他拣好了几件东西:两条长桌,四个椅子,一副香炉和烛台,一杆抬秤。他又要所有的草灰(我们这里煮饭是烧稻草的,那灰,可以做沙地的肥料),待我们启程的时候,他用船来载去。

夜间,我们又谈些闲天,都是无关紧要的话;第二天早晨,他就领了水生回去了。

又过了九日,是我们启程的日期。闰土早晨便到了,水生没有同来,却只带着一个五岁的女儿管船只。我们终日很忙碌,再没有谈天的工夫。来客也不少,有送行的,有拿东西的,有送行兼拿东西的。待到傍晚我们上船的时候,这老屋里的所有破旧大小粗细东西,已经一扫而空了。

我们的船向前走,两岸的青山在黄昏中,都装成了深黛颜色,连着退向船后艄去。

宏儿和我靠着船窗,同看外面模糊的风景,他忽然问道:

"大伯!我们什么时候回来?"

"回来?你怎么还没有走就想回来了。"

"可是,水生约我到他家玩去咧……"他睁着大的黑眼睛,痴痴的想。

我和母亲也都有些惘然,于是又提起闰土来。母亲说,那豆腐西施的杨二嫂,自从我家收拾行李以来,本是每日必到的,前天伊在灰堆里,掏出十多个碗碟来,议论之后,便定说是闰土埋着的,他可以在运灰的时候,一齐搬回家里去;杨二嫂发现了这件事,自己很以为功,便拿了那狗气杀(这是我们这里养鸡的器具,木盘上面有着栅栏,内盛食料,鸡可以伸进颈子去啄,狗却不能,只能看着气死),飞也似的跑了,亏伊装着这么高底的小脚,竟跑得这样快。

老屋离我愈远了;故乡的山水也都渐渐远离了我,但我却并不感到怎样的留恋。我只觉得我四面有看不见的高墙，将我隔成孤身，使我非常气闷；那西瓜地上的银项圈的小英雄的影像，我本来十分清楚，现在却忽地模糊了，又使我非常的悲哀。

母亲和宏儿都睡着了。

我躺着，听船底潺潺的水声，知道我在走我的路。我想：我竟与闰土隔绝到这地步了，但我们的后辈还是一气，宏儿不是正在想念水生么。我希望他们不再像我，又大家隔膜起来……然而我又不愿意他们因为要一气，都如我的辛苦辗转而生活，也不愿意他们都如闰土的辛苦麻木而生活，也不愿意都如别人的辛苦恣睢而生活。他们应该有新的生活，为我们所未经生活过的。

我想到希望，忽然害怕起来了。闰土要香炉和烛台的时候，我还暗地里笑他，以为他总是崇拜偶像，什么时候都不忘却。现在我所谓希望，不也是我自己手制的偶像么？只是他的愿望切近，我的愿望茫远罢了。

我在朦胧中，眼前展开一片海边碧绿的沙地来，上面深蓝的天空中挂着一轮金黄的圆月。我想：希望是本无所谓有，无所谓无的。这正如地上的路；其实地上本没有路，走的人多了，也便成了路。

一九二一年一月

端 午 节

方玄绰近来爱说"差不多"这一句话,几乎成了"口头禅"似的;而且不但说,的确也盘据在他脑里了。他最初说的是"都一样",后来大约觉得欠稳当了,便改为"差不多",一直使用到现在。

他自从发见了这一句平凡的警句以后,虽然引起了不少的新感慨,同时却也得到许多新慰安。譬如看见老辈威压青年,在先是要愤愤的,但现在却就转念道,将来这少年有了儿孙时,大抵也要摆这架子的罢,便再没有什么不平了。又如看见兵士打车夫,在先也要愤愤的,但现在也就转念道,倘使这车夫当了兵,这兵拉了车,大抵也就这么打,便再也不放在心上了。他这样想着的时候,有时也疑心是因为自己没有和恶社会奋斗的勇气,所以瞒心昧己的故意造出来的一条逃路,很近于"无是非之心"①,远不如改正了好。然而这意见,总反而在他脑里生长起来。

他将这"差不多说"最初公表的时候是在北京首善学校的讲堂上,其时大概是提起关于历史上的事情来,于是说到"古今人不相远",说到各色人等的"性相近"②,终于牵扯到学生和官僚身上,大发其议论道:

"现在社会上时髦的都通行骂官僚,而学生骂得尤利害。然而官僚并不是天生的特别种族,就是平民变就的。现在学生出身的官僚就不少,和老官僚有什么两样呢?'易地则皆然'③,思想言论举动丰采都没有什么大区别……便是学生团体新办的许多事业,不是也已经难免出弊病,大半烟消火灭了么?差不多的。但中国将来之可虑就在此……"

散坐在讲堂里的二十多个听讲者,有的怅然了,或者是以为这话对;有的勃然了,大约是以为侮辱了神圣的青年;有几个却对他微笑了,大约以为这是他替自己的辩解:因为方玄绰就是兼做官僚的。

---

① "无是非之心":语见《孟子·公孙丑》:"无是非之心,非人也。"
② "性相近":语见《论语·阳货》:"性相近也,习相远也。"
③ "易地则皆然":语见《孟子·离娄》。

而其实却是都错误。这不过是他的一种新不平；虽说不平，又只是他的一种安分的空论。他自己虽然不知道是因为懒，还是因为无用，总之觉得是一个不肯运动，十分安分守己的人。总长冤他有神经病，只要地位还不至于动摇，他决不开一开口；教员的薪水欠到大半年了，只要别有官俸支持，他也决不开一开口。不但不开口，当教员联合索薪的时候，他还暗地里以为欠斟酌，太嚷嚷；直到听得同寮过分的奚落他们了，这才略有些小感慨，后来一转念，这或者因为自己正缺钱，而别的官并不兼做教员的缘故罢，于是也就释然了。

他虽然也缺钱，但从没有加入教员的团体内，大家议决罢课，可是不去上课了。政府说"上了课才给钱"，他才略恨他们的类乎用果子耍猴子；一个大教育家①说道"教员一手挟书包一手要钱不高尚"，他才对于他的太太正式的发牢骚了。

"喂，怎么只有两盘？"听了"不高尚说"这一日的晚餐时候，他看着菜蔬说。

他们是没有受过新教育的，太太并无学名或雅号，所以也就没

---

① 大教育家：指范源濂。据北京《语丝》周刊第十四期《理想中的教师》一文追述："前教育总长……范静生先生（按即范源濂）也曾非难过北京各校的教员，说他们一手拿钱，一手拿书包上课。"

有什么称呼了,照老例虽然也可以叫"太太",但他又不愿意太守旧,于是就发明了一个"喂"字。太太对他却连"喂"字也没有,只要脸向着他说话,依据习惯法,他就知道这话是对他而发的。

"可是上月领来的一成半都完了……昨天的米,也还是好容易才赊来的呢。"伊站在桌旁,脸对着他说。

"你看,还说教书的要薪水是卑鄙哩。这种东西似乎连人要吃饭,饭要米做,米要钱买这一点粗浅事情都不知道……"

"对啦。没有钱怎么买米,没有米怎么煮……"

他两颊都鼓起来了,仿佛气恼这答案正和他的议论"差不多",近乎随声附和模样;接着便将头转向别一面去了,依据习惯法,这是宣告讨论中止的表示。

待到凄风冷雨这一天,教员们因为向政府去索欠薪①,在新华门前烂泥里被国军打得头破血出之后,倒居然也发了一点薪水。方玄绰不费一举手之劳的领了钱,酌还些旧债,却还缺一大笔款,这

---

① 指当时曾发生的索薪事件。一九二一年六月三日,国立北京专门以上八校辞职教职员代表联席会,联合全市各校教职员工和学生群众一万多人举行示威游行,向以徐世昌为首的北洋政府索取欠薪,遭到镇压,多人受伤。下文的新华门,在北京西长安街,当时曾是北洋政府总统府的大门。

是因为官俸也颇有些拖欠了。当是时,便是廉吏清官们也渐以为薪之不可不索,而况兼做教员的方玄绰,自然更表同情于学界起来,所以大家主张继续罢课的时候,他虽然仍未到场,事后却尤其心悦诚服的确守了公共的决议。

然而政府竟又付钱,学校也就开课了。但在前几天,却有学生总会上一个呈文给政府,说"教员倘若不上课,便不要付欠薪。"这虽然并无效,而方玄绰却忽而记起前回政府所说的"上了课才给钱"的话来,"差不多"这一个影子在他眼前又一幌,而且并不消灭,于是他便在讲堂上公表了。

准此,可见如果将"差不多说"锻炼罗织起来,自然也可以判作一种挟带私心的不平,但总不能说是专为自己做官的辩解。只是每到这些时,他又常常喜欢拉上中国将来的命运之类的问题,一不小心,便连自己也以为是一个忧国的志士:人们是每苦于没有"自知之明"的。

但是"差不多"的事实又发生了,政府当初虽只不理那些招人头痛的教员,后来竟不理到无关痛痒的官吏,欠而又欠,终于逼得先前鄙薄教员要钱的好官,也很有几员化为索薪大会里的骁将了。惟有几种日报上却很发了些鄙薄讥笑他们的文字。方玄绰也毫不为奇,毫不介意,因为他根据了他的"差不多说",知道这是新闻记者还未缺少润笔①的缘故,万一政府或是阔人停了津贴,他们多半也要开大会的。

他既已表同情于教员的索薪,自然也赞成同寮的索俸,然而他仍然安坐在衙门中,照例的并不一同去讨债。至于有人疑心他孤高,那可也不过是一种误解罢了。他自己说,他是自从出世以来,只有人向他来要债,他从没有向人去讨过债,所以这一端是"非其所长"。而且他最不敢见手握经济之权的人物,这种人待到失了权势之后,捧着一本《大乘起信论》②讲佛学的时候,固然也很是"蔼然可亲"的了,但还在宝座上时,却总是一副阎王脸,将别人都当奴才看,自以为手操着你们这些穷小子们的生杀之权。他因此不敢见,也不愿见他们。这种脾气,虽然有时连自己也觉得是孤高,但往往同时也疑心这其实是没本领。

大家左索右索,总算一节一节的挨过去了,但比起先前来,方玄绰究竟是万分的拮据,所以使用的小厮和交易的店家不消说,便是方太太对于他也渐渐的缺了敬意,只要看伊近来不很附和,而且

---

① 润笔:原指给撰作诗文或写字、画画的人的报酬,后来也用作稿酬的别称。
② 《大乘起信论》:佛经名。印度马鸣菩萨作,有梁代真谛三藏和唐代实叉难陀的两种译本。

常常提出独创的意见，有些唐突的举动，也就可以了然了。到了阴历五月初四的午前，他一回来，伊便将一叠账单塞在他的鼻子跟前，这也是往常所没有的。

"一总总得一百八十块钱才够开消……发了么？"伊并不对着他看的说。

"哼，我明天不做官了。钱的支票是领来的了，可是索薪大会的代表不发放，先说是没有同去的人都不发，后来又说是要到他们跟前去亲领。他们今天单捏着支票，就变了阎王脸了，我实在怕看见……我钱也不要了，官也不做了，这样无限量的卑屈……"

方太太见了这少见的义愤，倒有些愕然了，但也就沉静下来。

"我想，还不如去亲领罢，这算什么呢。"伊看着他的脸说。

"我不去！这是官俸，不是赏钱，照例应该由会计科送来的。"

"可是不送来又怎么好呢……哦，昨夜忘记说了，孩子们说那学费，学校里已经催过好几次了，说是倘若再不缴……"

"胡说！做老子的办事教书都不给钱，儿子去念几句书倒要钱？"

伊觉得他已经不很顾忌道理，似乎就要将自己当作校长来出气，犯不上，便不再言语了。

两个默默的吃了午饭。他想了一会，又懊恼的出去了。

照旧例，近年是每逢节根或年关的前一天，他一定须在夜里的十二点钟才回家,一面走,一面掏着怀中,一面大声的叫道,"喂,领来了!"于是递给伊一叠簇新的中交票①,脸上很有些得意的形色。谁知道初四这一天却破了例,他不到七点钟便回家来。方太太很惊疑,以为他竟已辞了职了,但暗暗地察看他脸上,却也并不见有什么格外倒运的神情。

"怎么了?……这样早?……"伊看定了他说。

"发不及了,领不出了,银行已经关了门,得等初八。"

"亲领?……"伊惴惴的问。

"亲领这一层,倒也已经取消了,听说仍旧由会计科分送。可是银行今天已经关了门,休息三天,得等到初八的上午。"他坐下,眼睛看着地面了,喝过一口茶,才又慢慢的开口说,"幸而衙门里也没有什么问题了,大约到初八就准有钱……向不相干的亲戚朋友去借钱,实在是一件烦难事。我午后硬着头皮去寻金永生,谈了一会,他先恭维我不去索薪,不肯亲领,非常之清高,一个人正应该这样做;待到知道我想要向他通融五十元,就像我在他嘴里塞了一大把盐似的,凡有脸上可以打皱的地方都打起皱来,说房租怎样的收不起,买卖怎样的赔本,在同事面前亲身领款,也不算什么的,即刻

---

① 中交票:中国银行和交通银行发行的钞票。

将我支使出来了。"

"这样紧急的节根,谁还肯借出钱去呢。"方太太却只淡淡的说,并没有什么慨然。

方玄绰低下头来了,觉得这也无怪其然的,况且自己和金永生本来很疏远。他接着就记起去年年关的事来,那时有一个同乡来借十块钱,他其时明明已经收到了衙门的领款凭单的了,因为恐怕这人将来未必会还钱,便装了一副为难的神色,说道衙门里既然领不到俸钱,学校里又不发薪水,实在"爱莫能助",将他空手送走了。他虽然自己并不看见装了怎样的脸,但此时却觉得很局促,嘴唇微微一动,又摇一摇头。

然而不多久,他忽而恍然大悟似的发命令了:叫小厮即刻上街去赊一瓶莲花白。他知道店家希图明天多还账,大抵是不敢不赊的,假如不赊,则明天分文不还,正是他们应得的惩罚。

莲花白竟赊来了,他喝了两杯,青白色的脸上泛了红,吃完饭,又颇有些高兴了。他点上一支大号哈德门香烟,从桌上抓起一本《尝试集》①来,躺在床上就要看。

"那么,明天怎么对付店家呢?"方太太追上去,站在床面前,

---

① 《尝试集》:胡适作的白话诗集,一九二〇年三月上海亚东图书馆出版。

看着他的脸说。

"店家？……教他们初八的下半天来。"

"我可不能这么说。他们不相信，不答应的。"

"有什么不相信。他们可以问去，全衙门里什么人也没有领到，都得初八！"他戟着第二个指头在帐子里的空中画了一个半圆，方太太跟着指头也看了一个半圆，只见这手便去翻开了《尝试集》。

方太太见他强横到出乎情理之外了，也暂时开不得口。

"我想，这模样是闹不下去的，将来总得想点法，做点什么别的事……"伊终于寻到了别的路，说。

"什么法呢？我'文不像誊录生，武不像救火兵'，别的做什么？"

"你不是给上海的书铺子做过文章么？"

"上海的书铺子？买稿要一个一个的算字，空格不算数。你看我做在那里的白话诗去，空白有多少，怕只值三百大钱一本罢。收版权税又半年六月没消息，'远水救不得近火'，谁耐烦。"

"那么，给这里的报馆里……"

"给报馆里？便在这里很大的报馆里，我靠着一个学生在那里做编辑的大情面，一千字也就是这几个钱，即使一早做到夜，能够养活你们么？况且我肚子里也没有这许多文章。"

"那么，过了节怎么办呢？"

"过了节么？——仍旧做官……明天店家来要钱，你只要说初八的下午。"

他又要看《尝试集》了。方太太怕失了机会，连忙吞吞吐吐的说：

"我想，过了节，到了初八，我们……倒不如去买一张彩票①……"

"胡说！会说出这样无教育的……"

这时候，他忽而又记起被金永生支使出来以后的事了。那时他惘惘的走过稻香村，看见店门口竖着许多斗大的字的广告道"头彩几万元"，仿佛记得心里也一动，或者也许放慢了脚步的罢，但似乎因为舍不得皮夹里仅存的六角钱，所以竟也毅然决然的走远了。他脸色一变，方太太料想他是在恼着伊的无教育，便赶紧退开，没有说完话。方玄绰也没有说完话，将腰一伸，咿咿呜呜的就念《尝试集》。

一九二二年六月

---

① 彩票：一种带有赌博性质的证券。大多由官方发行，编有号码，以一定的价格出售，从售得的款中提出一小部分作奖金；用抽签的办法定出各级中奖号码，凡彩票号码与中奖号码相同的，按等级领奖，未中的作废。

祝　福

旧历的年底毕竟最像年底，村镇上不必说，就在天空中也显出将到新年的气象来。灰白色的沉重的晚云中间时时发出闪光，接着一声钝响，是送灶①的爆竹；近处燃放的可就更强烈了，震耳的大音还没有息，空气里已经散满了幽微的火药香。我是正在这一夜回到我的故乡鲁镇的。虽说故乡，然而已没有家，所以只得暂寓在鲁四老爷的宅子里。他是我的本家，比我长一辈，应该称之曰"四叔"，是一个讲理学的老监生②。他比先前并没有什么大改变，单是

---

① 送灶：旧俗以夏历十二月二十四日为灶神升天的日子，在这一天或前一天祭送灶神，称为送灶。
② 理学：又称道学，是宋代周敦颐、程颢、程颐、朱熹等人阐释儒家学说而形成的唯心主义思想体系。它认为"理"是宇宙的本体，把（转下页）

老了些,但也还未留胡子,一见面是寒暄,寒暄之后说我"胖了",说我"胖了"之后即大骂其新党①。但我知道,这并非借题在骂我:因为他所骂的还是康有为②。但是,谈话是总不投机的了,于是不多久,我便一个人剩在书房里。

第二天我起得很迟,午饭之后,出去看了几个本家和朋友;第三天也照样。他们也都没有什么大改变,单是老了些;家中却一律忙,都在准备着"祝福"③。这是鲁镇年终的大典,致敬尽礼,迎接福神,拜求来年一年中的好运气的。杀鸡,宰鹅,买猪肉,用心细细的洗,女人的臂膊都在水里浸得通红,有的还带着绞丝银镯子。

(接上页)"三纲五常"等封建伦理道德说成是"天理",提出"存天理,灭人欲"的主张。监生,国子监生员的简称。国子监原是封建时代中央最高学府,清代乾隆以后可以通过援例捐资取得监生名义,不一定在监读书。

① 新党:清末对主张或倾向维新的人的称呼;辛亥革命前后,也用来称呼革命党人及拥护革命的人。

② 康有为(1858—1927):字广厦,号长素,广东南海人,清末维新运动领袖。他主张"变法维新",改君主专制为君主立宪。一八九八年他与谭嗣同、梁启超等受光绪皇帝任用,参预政事,试行变法,因遭到以慈禧太后为首的地主阶级顽固派的激烈反对而失败。康有为在变法失败后逃亡国外,组织保皇党,反对孙中山领导的民主革命运动;辛亥革命后又联络军阀张勋扶植清废帝溥仪复辟。

③ "祝福":旧时江南一带每年年终的一种迷信习俗。清代范寅《越谚·风俗》载:"祝福,岁暮谢年,谢神祖,名此。"

煮熟之后，横七竖八的插些筷子在这类东西上，可就称为"福礼"了，五更天陈列起来，并且点上香烛，恭请福神们来享用；拜的却只限于男人，拜完自然仍然是放爆竹。年年如此，家家如此，——只要买得起福礼和爆竹之类的，——今年自然也如此。天色愈阴暗了，下午竟下起雪来，雪花大的有梅花那么大，满天飞舞，夹着烟霭和忙碌的气色，将鲁镇乱成一团糟，我回到四叔的书房里时，瓦楞上已经雪白，房里也映得较光明，极分明的显出壁上挂着的朱拓①的大"寿"字，陈抟②老祖写的；一边的对联已经脱落，松松的卷了放在长桌上，一边的还在，道是"事理通达心气和平"③。我又无聊赖的到窗下的案头去一翻，只见一堆似乎未必完全的《康熙字典》，一部《近思录集注》和一部《四书衬》④。无论如何，我明天

---

① 朱拓：用银朱等红颜料从碑刻上拓下的文字或图形。
② 陈抟：据《宋史·隐逸列传》载：陈抟是五代时人，因科举不第，先后隐居武当山和华山修道。后人把他附会为"神仙"。
③ "事理通达心气和平"：语出朱熹《论语集注》。朱熹在《季氏》篇中"不学诗无以言"和"不学礼无以立"语下分别注云："事理通达而心气和平，故能言"；"品节详明而德性坚定，故能立"。
④ 《康熙字典》：清代康熙年间张玉书、陈廷敬等奉旨编纂的一部大型字典，康熙五十五年（1716）刊行。《近思录》，是一部所谓理学入门书，宋代朱熹、吕祖谦选录周敦颐、程颢、程颐以及张载四人的文字编成，共十四卷。清初茅星来和江永分别为它作过集注。《四书衬》，清代骆培著，是一部解说"四书"（《论语》、《孟子》、《大学》、《中庸》）的书。

决计要走了。

况且，一想到昨天遇见祥林嫂的事，也就使我不能安住。那是下午，我到镇的东头访过一个朋友，走出来，就在河边遇见她；而且见她瞪着的眼睛的视线，就知道明明是向我走来的。我这回在鲁镇所见的人们中，改变之大，可以说无过于她的了：五年前的花白的头发，即今已经全白，全不像四十上下的人；脸上瘦削不堪，黄中带黑，而且消尽了先前悲哀的神色，仿佛是木刻似的；只有那眼珠间或一轮，还可以表示她是一个活物。她一手提着竹篮，内中一个破碗，空的；一手拄着一支比她更长的竹竿，下端开了裂：她分明已经纯乎是一个乞丐了。

我就站住，豫备她来讨钱。

"你回来了？"她先这样问。

"是的。"

"这正好。你是识字的，又是出门人，见识得多。我正要问你一件事——"她那没有神采的眼睛忽然发光了。

我万料不到她却说出这样的话来，诧异的站着。

"就是——"她走近两步，放低了声音，极秘密似的切切的说，"一个人死了之后，究竟有没有魂灵的？"

我很悚然，一见她的眼钉着我的，背上也就遭了芒刺一般，比在学校里遇到不及豫防的临时考，教师又偏是站在身旁的时候，惶急得多了。对于魂灵的有无，我自己是向来毫不介意的；但在此刻，怎样回答她好呢？我在极短期的踌蹰中，想，这里的人照例相信鬼，然而她，却疑惑了，——或者不如说希望：希望其有，又希望其无……。人何必增添末路的人的苦恼，为她起见，不如说有罢。

"也许有罢，——我想。"我于是吞吞吐吐的说。

"那么，也就有地狱了？"

"阿！地狱？"我很吃惊，只得支吾着，"地狱？——论理，就该也有。——然而也未必，……谁来管这等事……。"

"那么，死掉的一家的人，都能见面的？"

"唉唉，见面不见面呢？……"这时我已知道自己也还是完全一个愚人，什么踌蹰，什么计画，都挡不住三句问。我即刻胆怯起来了，便想全翻过先前的话来，"那是，……实在，我说不清……。其实，究竟有没有魂灵，我也说不清。"

我乘她不再紧接的问，迈开步便走，匆匆的逃回四叔的家中，心里很觉得不安逸。自己想，我这答话怕于她有些危险。她大约因为在别人的祝福时候，感到自身的寂寞了，然而会不会含有别的什么意思的呢？——或者是有了什么豫感了？倘有别的意思，又因此发生别的事，则我的答话委实该负若干的责任……。但随后也就自笑，觉得偶尔的事，本没有什么深意义，而我偏要细细推敲，正无怪教育家要说是生着神经病；而况明明说过"说不清"，已经推翻了答话的全局，即使发生什么事，于我也毫无关系了。

"说不清"是一句极有用的话。不更事的勇敢的少年，往往敢于给人解决疑问，选定医生，万一结果不佳，大抵反成了怨府，然而一用这说不清来作结束，便事事逍遥自在了。我在这时，更感到这一句话的必要，即使和讨饭的女人说话，也是万不可省的。

但是我总觉得不安，过了一夜，也仍然时时记忆起来，仿佛怀着什么不祥的豫感；在阴沉的雪天里，在无聊的书房里，这不安愈加强烈了。不如走罢，明天进城去。福兴楼的清炖鱼翅，一元一大盘，价廉物美，现在不知增价了否？往日同游的朋友，虽然已经云散，然而鱼翅是不可不吃的，即使只有我一个……。无论如何，我明天决计要走了。

我因为常见些但愿不如所料，以为未必竟如所料的事，却每每恰如所料的起来，所以很恐怕这事也一律。果然，特别的情形开始了。傍晚，我竟听到有些人聚在内室里谈话，仿佛议论什么事似的，但不一会，说话声也就止了，只有四叔且走而且高声的说：

"不早不迟，偏偏要在这时候，——这就可见是一个谬种！"

我先是诧异，接着是很不安，似乎这话于我有关系。试望门外，谁也没有。好容易待到晚饭前他们的短工来冲茶，我才得了打听消息的机会。

"刚才，四老爷和谁生气呢？"我问。

"还不是和祥林嫂？"那短工简捷的说。

"祥林嫂？怎么了？"我又赶紧的问。

"老了。"

"死了？"我的心突然紧缩，几乎跳起来，脸上大约也变了色。但他始终没有抬头，所以全不觉。我也就镇定了自己，接着问：

"什么时候死的？"

"什么时候？——昨天夜里，或者就是今天罢。——我说不清。"

"怎么死的？"

"怎么死的？——还不是穷死的？"他淡然的回答，仍然没有抬头向我看，出去了。

然而我的惊惶却不过暂时的事，随着就觉得要来的事，已经过去，并不必仰仗我自己的"说不清"和他之所谓"穷死的"的宽慰，心地已经渐渐轻松；不过偶然之间，还似乎有些负疚。晚饭摆出来了，四叔俨然的陪着。我也还想打听些关于祥林嫂的消息，但知道他虽然读过"鬼神者二气之良能也"①，而忌讳仍然极多，当临近祝福时候，是万不可提起死亡疾病之类的话的；倘不得已，就该用一种替代的隐语，可惜我又不知道，因此屡次想问，而终于中止了。我从他俨然的脸色上，又忽而疑他正以为我不早不迟，偏要在这时候来打搅他，也是一个谬种，便立刻告诉他明天要离开鲁镇，进城去，趁早放宽了他的心。他也不很留。这样闷闷的吃完了一餐饭。

冬季日短，又是雪天，夜色早已笼罩了全市镇。人们都在灯下匆忙，但窗外很寂静。雪花落在积得厚厚的雪褥上面，听去似乎瑟瑟有声，使人更加感得沉寂。我独坐在发出黄光的菜油灯下，想，这百无聊赖的祥林嫂，被人们弃在尘芥堆中的，看得厌倦了的陈旧的玩物，先前还将形骸露在尘芥里，从活得有趣的人们看来，恐怕要怪讶她何以还要存在，现在总算被无常②打扫得干干净净了。魂灵的有无，我不知道；然而在现世，则无聊生者不生，即使厌见者不见，为人为己，也还都不错。我静听着窗外似乎瑟瑟作响的雪花

---

① "鬼神者二气之良能也"：语见宋代张载的《张子全书·正蒙》，也见《近思录》。意思是：鬼神是阴阳二气自然变化而成的。
② 无常：佛家语，原指世间一切事物都在变异灭坏的过程中；后引申为死的意思，也用作迷信传说中"勾魂使者"的名称。

声,一面想,反而渐渐的舒畅起来。

然而先前所见所闻的她的半生事迹的断片,至此也联成一片了。

她不是鲁镇人。有一年的冬初,四叔家里要换女工,做中人的卫老婆子带她进来了,头上扎着白头绳,乌裙,蓝夹袄,月白背心,年纪大约二十六七,脸色青黄,但两颊却还是红的。卫老婆子叫她祥林嫂,说是自己母家的邻舍,死了当家人,所以出来做工了。四叔皱了皱眉,四婶已经知道了他的意思,是在讨厌她是一个寡妇。但看她模样还周正,手脚都壮大,又只是顺着眼,不开一句口,很像一个安分耐劳的人,便不管四叔的皱眉,将她留下了。试工期内,她整天的做,似乎闲着就无聊,又有力,简直抵得过一个男子,所以第三天就定局,每月工钱五百文。

大家都叫她祥林嫂;没问她姓什么,但中人是卫家山人,既说是邻居,那大概也就姓卫了。她不很爱说话,别人问了才回答,答的也不多。直到十几天之后,这才陆续的知道她家里还有严厉的婆婆;一个小叔子,十多岁,能打柴了;她是春天没了丈夫的;他本来也打柴为生,比她小十岁:大家所知道的就只是这一点。

日子很快的过去了,她的做工却毫没有懈,食物不论,力气是不惜的。人们都说鲁四老爷家里雇着了女工,实在比勤快的男人还勤快。到年底，扫尘，洗地，杀鸡，宰鹅，彻夜的煮福礼，全是一人担当，竟没有添短工。然而她反满足，口角边渐渐的有了笑影，脸上也白胖了。

新年才过，她从河边淘米回来时，忽而失了色，说刚才远远地看见一个男人在对岸徘徊，很像夫家的堂伯，恐怕是正为寻她而来的。四婶很惊疑，打听底细，她又不说。四叔一知道，就皱一皱眉，道：

"这不好。恐怕她是逃出来的。"

她诚然是逃出来的，不多久，这推想就证实了。

此后大约十几天，大家正已渐渐忘却了先前的事，卫老婆子忽而带了一个三十多岁的女人进来了，说那是祥林嫂的婆婆。那女人虽是山里人模样，然而应酬很从容，说话也能干，寒暄之后，就赔罪，说她特来叫她的儿媳回家去，因为开春事务忙，而家中只有老的和小的，人手不够了。

"既是她的婆婆要她回去，那有什么话可说呢。"四叔说。

于是算清了工钱，一共一千七百五十文，她全存在主人家，一文也还没有用，便都交给她的婆婆。那女人又取了衣服，道过谢，出去了。其时已经是正午。

"阿呀，米呢？祥林嫂不是去淘米的么？……"好一会，四婶这才惊叫起来。她大约有些饿,记得午饭了。

于是大家分头寻淘箩。她先到厨下,次到堂前,后到卧房,全不见淘箩的影子。四叔踱出门外,也不见,直到河边,才见平平正正的放在岸上,旁边还有一株菜。

看见的人报告说,河里面上午就泊了一只白篷船,篷是全盖起来的,不知道什么人在里面,但事前也没有人去理会他。待到祥林嫂出来淘米,刚刚要跪下去,那船里便突然跳出两个男人来,像是山里人,一个抱住她,一个帮着,拖进船去了。祥林嫂还哭喊了几声,此后便再没有什么声息,大约给用什么堵住了罢。接着就走上两个女人来,一个不认识,一个就是卫婆子。窥探舱里,不很分明,她像是捆了躺在船板上。

"可恶!然而……。"四叔说。

这一天是四婶自己煮午饭;他们的儿子阿牛烧火。

午饭之后,卫老婆子又来了。

"可恶!"四叔说。

"你是什么意思?亏你还会再来见我们。"四婶洗着碗,一见面就愤愤的说,"你自己荐她来,又合伙劫她去,闹得沸反盈天的,大家看了成个什么样子?你拿我们家里开玩笑么?"

"阿呀阿呀,我真上当。我这回,就是为此特地来说说清楚的。

她来求我荐地方，我那里料得到是瞒着她的婆婆的呢。对不起，四老爷，四太太。总是我老发昏不小心，对不起主顾。幸而府上是向来宽洪大量，不肯和小人计较的。这回我一定荐一个好的来折罪……。"

"然而……。"四叔说。

于是祥林嫂事件便告终结，不久也就忘却了。

只有四婶，因为后来雇用的女工，大抵非懒即馋，或者馋而且懒，左右不如意，所以也还提起祥林嫂。每当这些时候，她往往自言自语的说，"她现在不知道怎么样了？"意思是希望她再来。但到第二年的新正，她也就绝了望。

新正将尽，卫老婆子来拜年了，已经喝得醉醺醺的，自说因为回了一趟卫家山的娘家，住下几天，所以来得迟了。她们问答之间，自然就谈到祥林嫂。

"她么？"卫老婆子高兴的说，"现在是交了好运了。她婆婆来抓她回去的时候，是早已许给了贺家墺的贺老六的，所以回家之后不几天，也就装在花轿里抬去了。"

"阿呀，这样的婆婆！……"四婶惊奇的说。

"阿呀，我的太太！你真是大户人家的太太的话。我们山里人，小户人家,这算得什么?她有小叔子,也得娶老婆。不嫁了她,那有这一注钱来做聘礼?她的婆婆倒是精明强干的女人呵,很有打算,所以就将她嫁到里山去。倘许给本村人,财礼就不多;惟独肯嫁进深山野墺里去的女人少,所以她就到手了八十千①。现在第二个儿子的媳妇也娶进了,财礼只花了五十,除去办喜事的费用,还剩十多千。吓,你看,这多么好打算?……"

"祥林嫂竟肯依?……"

"这有什么依不依。——闹是谁也总要闹一闹的;只要用绳子一捆,塞在花轿里,抬到男家,捺上花冠,拜堂,关上房门,就完事了。可是祥林嫂真出格,听说那时实在闹得利害,大家还都说大约因为在念书人家做过事,所以与众不同呢。太太,我们见得多了:回头人出嫁,哭喊的也有,说要寻死觅活的也有,抬到男家闹得拜不成天地的也有,连花烛都砸了的也有。祥林嫂可是异乎寻常,他们说她一路只是嚎,骂,抬到贺家墺,喉咙已经全哑了。拉出轿来,两个男人和她的小叔子使劲的擒住她也还拜不成天地。他们一不小心,一松手,阿呀,阿弥陀佛,她就一头撞在香案②角上,头上碰

---

① 八十千:旧时以一千文钱为一贯或一吊,所以几千文钱也称为几贯或几吊,但也有些地方直称为多少千。八十千即八十吊。

② 香案:搁放香炉、烛台等祭祀用品的桌子。

了一个大窟窿，鲜血直流，用了两把香灰，包上两块红布还止不住血呢。直到七手八脚的将她和男人反关在新房里，还是骂，阿呀呀，这真是……。"她摇一摇头，顺下眼睛，不说了。

"后来怎么样呢？"四婶还问。

"听说第二天也没有起来。"她抬起眼来说。

"后来呢？"

"后来？——起来了。她到年底就生了一个孩子，男的，新年就两岁了。我在娘家这几天，就有人到贺家墺去，回来说看见他们娘儿俩，母亲也胖，儿子也胖；上头又没有婆婆；男人所有的是力气，会做活；房子是自家的。——唉唉，她真是交了好运了。"

从此之后，四婶也就不再提起祥林嫂。

但有一年的秋季，大约是得到祥林嫂好运的消息之后的又过了两个新年，她竟又站在四叔家的堂前了。桌上放着一个荸荠式的圆篮，檐下一个小铺盖。她仍然头上扎着白头绳，乌裙，蓝夹袄，月白背心，脸色青黄，只是两颊上已经消失了血色，顺着眼，眼角上带些泪痕，眼光也没有先前那样精神了。而且仍然是卫老婆子领着，显出慈悲模样，絮絮的对四婶说：

"……这实在是叫作'天有不测风云'，她的男人是坚实人，谁知道年纪青青，就会断送在伤寒上？本来已经好了的，吃了一碗冷饭，复发了。幸亏有儿子；她又能做，打柴摘茶养蚕都来得，本来还可以守着，谁知道那孩子又会给狼衔去的呢？春天快完了，村上倒反来了狼，谁料到？现在她只剩了一个光身了。大伯来收屋，又赶她。她真是走投无路了，只好来求老主人。好在她现在已经再没有什么牵挂，太太家里又凑巧要换人，所以我就领她来。——我想，熟门熟路，比生手实在好得多……。"

"我真傻，真的，"祥林嫂抬起她没有神采的眼睛来，接着说。"我单知道下雪的时候野兽在山墺里没有食吃，会到村里来；我不知道春天也会有。我一清早起来就开了门，拿小篮盛了一篮豆，叫我们的阿毛坐在门槛上剥豆去。他是很听话的，我的话句句听；他出去了。我就在屋后劈柴，淘米，米下了锅，要蒸豆。我叫阿毛，没有应，出去一看，只见豆撒得一地，没有我们的阿毛了。他是不到别家去玩的；各处去一问，果然没有。我急了，央人出去寻。直到下半天，寻来寻去寻到山墺里，看见刺柴上挂着一只他的小鞋。大家都说，糟了，怕是遭了狼了。再进去；他果然躺在草窠里，肚里的五脏已经都给吃空了，手上还紧紧的捏着那只小篮呢。……"她接着但是呜咽，说不出成句的话来。

四婶起初还踌蹰，待到听完她自己的话，眼圈就有些红了。她想了一想,便教拿圆篮和铺盖到下房去。卫老婆子仿佛卸了一肩重担似的嘘一口气;祥林嫂比初来时候神气舒畅些,不待指引,自己驯熟的安放了铺盖。她从此又在鲁镇做女工了。

大家仍然叫她祥林嫂。

然而这一回,她的境遇却改变得非常大。上工之后的两三天,主人们就觉得她手脚已没有先前一样灵活,记性也坏得多,死尸似的脸上又整日没有笑影,四婶的口气上,已颇有些不满了。当她初到的时候,四叔虽然照例皱过眉,但鉴于向来雇用女工之难,也就并不大反对,只是暗暗地告诫四婶说,这种人虽然似乎很可怜,但是败坏风俗的,用她帮忙还可以,祭祀时候可用不着她沾手,一切饭菜,只好自己做,否则,不干不净,祖宗是不吃的。

四叔家里最重大的事件是祭祀,祥林嫂先前最忙的时候也就是祭祀,这回她却清闲了。桌子放在堂中央,系上桌帏,她还记得照旧的去分配酒杯和筷子。

"祥林嫂,你放着罢!我来摆。"四婶慌忙的说。

她讪讪的缩了手,又去取烛台。

"祥林嫂,你放着罢!我来拿。"四婶又慌忙的说。

她转了几个圆圈,终于没有事情做,只得疑惑的走开。她在这一天可做的事是不过坐在灶下烧火。

镇上的人们也仍然叫她祥林嫂，但音调和先前很不同；也还和她讲话，但笑容却冷冷的了。她全不理会那些事，只是直着眼睛，和大家讲她自己日夜不忘的故事：

"我真傻，真的，"她说。"我单知道雪天是野兽在深山里没有食吃，会到村里来；我不知道春天也会有。我一大早起来就开了门，拿小篮盛了一篮豆，叫我们的阿毛坐在门槛上剥豆去。他是很听话的孩子，我的话句句听；他就出去了。我就在屋后劈柴，淘米，米下了锅，打算蒸豆。我叫，'阿毛！'没有应。出去一看，只见豆撒得满地，没有我们的阿毛了。各处去一问，都没有。我急了，央人去寻去。直到下半天，几个人寻到山墺里，看见刺柴上挂着一只他的小鞋。大家都说，完了，怕是遭了狼了。再进去；果然，他躺在草窠里，肚里的五脏已经都给吃空了，可怜他手里还紧紧的捏着那只小篮呢。……"她于是淌下眼泪来，声音也呜咽了。

这故事倒颇有效，男人听到这里，往往敛起笑容，没趣的走了开去；女人们却不独宽恕了她似的，脸上立刻改换了鄙薄的神气，还要陪出许多眼泪来。有些老女人没有在街头听到她的话，便特意寻来，要听她这一段悲惨的故事。直到她说到呜咽，她们也就一齐流下那停在眼角上的眼泪，叹息一番，满足的去了，一面还纷纷的评论着。

她就只是反复的向人说她悲惨的故事,常常引住了三五个人来听她。但不久,大家也都听得纯熟了,便是最慈悲的念佛的老太太们,眼里也再不见有一点泪的痕迹。后来全镇的人们几乎都能背诵她的话,一听到就烦厌得头痛。

"我真傻,真的,"她开首说。

"是的,你是单知道雪天野兽在深山里没有食吃,才会到村里来的。"他们立即打断她的话,走开去了。

她张着口怔怔的站着,直着眼睛看他们,接着也就走了,似乎自己也觉得没趣。但她还妄想,希图从别的事,如小篮,豆,别人的孩子上,引出她的阿毛的故事来。倘一看见两三岁的小孩子,她就说:

"唉唉,我们的阿毛如果还在,也就有这么大了。……"

孩子看见她的眼光就吃惊,牵着母亲的衣襟催她走。于是又只剩下她一个,终于没趣的也走了。后来大家又都知道了她的脾气,只要有孩子在眼前,便似笑非笑的先问她,道:

"祥林嫂,你们的阿毛如果还在,不是也就有这么大了么?"

她未必知道她的悲哀经大家咀嚼赏鉴了许多天,早已成为渣滓,只值得烦厌和唾弃;但从人们的笑影上,也仿佛觉得这又冷又尖,自己再没有开口的必要了。她单是一瞥他们,并不回答一句话。

鲁镇永远是过新年，腊月二十以后就忙起来了。四叔家里这回须雇男短工，还是忙不过来，另叫柳妈做帮手，杀鸡，宰鹅；然而柳妈是善女人①，吃素，不杀生的，只肯洗器皿。祥林嫂除烧火之外，没有别的事，却闲着了，坐着只看柳妈洗器皿。微雪点点的下来了。

"唉唉，我真傻，"祥林嫂看了天空，叹息着，独语似的说。

"祥林嫂，你又来了。"柳妈不耐烦的看着她的脸，说。"我问你：你额角上的伤疤，不就是那时撞坏的么？"

"唔唔。"她含胡的回答。

"我问你：你那时怎么后来竟依了呢？"

"我么？……"

"你呀。我想：这总是你自己愿意了，不然……。"

"阿阿，你不知道他力气多么大呀。"

"我不信。我不信你这么大的力气，真会拗他不过。你后来一定是自己肯了，倒推说他力气大。"

"阿阿，你……你倒自己试试看。"她笑了。

柳妈的打皱的脸也笑起来，使她蹙缩得像一个核桃；干枯的小

---

① 善女人：佛家语，指信佛的女人。

眼睛一看祥林嫂的额角，又钉住她的眼。祥林嫂似乎很局促了，立刻敛了笑容，旋转眼光，自去看雪花。

"祥林嫂，你实在不合算。"柳妈诡秘的说。"再一强，或者索性撞一个死，就好了。现在呢，你和你的第二个男人过活不到两年，倒落了一件大罪名。你想，你将来到阴司去，那两个死鬼的男人还要争，你给了谁好呢？阎罗大王只好把你锯开来，分给他们。我想，这真是……。"

她脸上就显出恐怖的神色来，这是在山村里所未曾知道的。

"我想，你不如及早抵当。你到土地庙里去捐一条门槛，当作你的替身，给千人踏，万人跨，赎了这一世的罪名，免得死了去受苦。"

她当时并不回答什么话，但大约非常苦闷了，第二天早上起来的时候，两眼上便都围着大黑圈。早饭之后，她便到镇的西头的土地庙里去求捐门槛。庙祝①起初执意不允许，直到她急得流泪，才勉强答应了。价目是大钱十二千。

她久已不和人们交口，因为阿毛的故事是早被大家厌弃了的；但自从和柳妈谈了天，似乎又即传扬开去，许多人都发生了新趣味，

---

① 庙祝：旧时庙宇中管理香火的人。

又来逗她说话了。至于题目，那自然是换了一个新样，专在她额上的伤疤。

"祥林嫂，我问你：你那时怎么竟肯了？"一个说。

"唉，可惜，白撞了这一下。"一个看着她的疤，应和道。

她大约从他们的笑容和声调上，也知道是在嘲笑她，所以总是瞪着眼睛，不说一句话，后来连头也不回了。她整日紧闭了嘴唇，头上带着大家以为耻辱的记号的那伤痕，默默的跑街，扫地，洗菜，淘米。快够一年，她才从四婶手里支取了历来积存的工钱，换算了十二元鹰洋①，请假到镇的西头去。但不到一顿饭时候，她便回来，神气很舒畅，眼光也分外有神，高兴似的对四婶说，自己已经在土地庙捐了门槛了。

冬至的祭祖时节，她做得更出力，看四婶装好祭品，和阿牛将桌子抬到堂屋中央，她便坦然的去拿酒杯和筷子。

"你放着罢，祥林嫂！"四婶慌忙大声说。

她像是受了炮烙②似的缩手，脸色同时变作灰黑，也不再去取

---

① 鹰洋：指墨西哥银元，正面铸有鹰的图案。鸦片战争后曾大量流入我国。
② 炮烙：亦作炮格，相传为殷纣王时的一种酷刑。据《史记·殷本纪》裴骃集解引《列女传》："膏铜柱，下加之炭，令有罪者行焉，辄堕炭中，妲己笑，名曰炮格之刑。"

烛台,只是失神的站着。直到四叔上香的时候,教她走开,她才走开。这一回她的变化非常大,第二天,不但眼睛窈陷下去,连精神也更不济了。而且很胆怯,不独怕暗夜,怕黑影,即使看见人,虽是自己的主人,也总惴惴的,有如在白天出穴游行的小鼠;否则呆坐着,直是一个木偶人。不半年,头发也花白起来了,记性尤其坏,甚而至于常常忘却了去淘米。

"祥林嫂怎么这样了?倒不如那时不留她。"四婶有时当面就这样说,似乎是警告她。

然而她总如此,全不见有伶俐起来的希望。他们于是想打发她走了,教她回到卫老婆子那里去。但当我还在鲁镇的时候,不过单是这样说;看现在的情状,可见后来终于实行了。然而她是从四叔家出去就成了乞丐的呢,还是先到卫老婆子家然后再成乞丐的呢?那我可不知道。

我给那些因为在近旁而极响的爆竹声惊醒,看见豆一般大的黄色的灯火光,接着又听得毕毕剥剥的鞭炮,是四叔家正在"祝福"了;知道已是五更将近时候。我在蒙眬中,又隐约听到远处的爆竹声联绵不断,似乎合成一天音响的浓云,夹着团团飞舞的雪花,拥抱了全市镇。我在这繁响的拥抱中,也懒散而且舒适,从白天以至初夜的疑虑,全给祝福的空气一扫而空了,只觉得天地圣众歆享了牲醴和香烟,都醉醺醺的在空中蹒跚,豫备给鲁镇的人们以无限的幸福。

一九二四年二月七日

在酒楼上

我从北地向东南旅行,绕道访了我的家乡,就到 S 城。这城离我的故乡不过三十里,坐了小船,小半天可到,我曾在这里的学校里当过一年的教员。深冬雪后,风景凄清,懒散和怀旧的心绪联结起来,我竟暂寓在 S 城的洛思旅馆里了;这旅馆是先前所没有的。城圈本不大,寻访了几个以为可以会见的旧同事,一个也不在,早不知散到那里去了;经过学校的门口,也改换了名称和模样,于我很生疏。不到两个时辰,我的意兴早已索然,颇悔此来为多事了。

我所住的旅馆是租房不卖饭的,饭菜必须另外叫来,但又无味,入口如嚼泥土。窗外只有渍痕斑驳的墙壁,贴着枯死的莓苔;上面是铅色的天,白皑皑的绝无精采,而且微雪又飞舞起来了。我午餐本没有饱,又没有可以消遣的事情,便很自然的想到先前有一家很熟识的小酒楼，叫一石居的，算来离旅馆并不远。我于是立即锁了房门，出街向那酒楼去。其实也无非想姑且逃避客中的无聊，并不专为买醉。一石居是在的，狭小阴湿的店面和破旧的招牌都依旧；但从掌柜以至堂倌却已没有一个熟人，我在这一石居中也完全成了生客。然而我终于跨上那走熟的屋角的扶梯去了，由此径到小楼上。上面也依然是五张小板桌；独有原是木棂的后窗却换嵌了玻璃。

"一斤绍酒。——菜？十个油豆腐，辣酱要多！"

我一面说给跟我上来的堂倌听，一面向后窗走，就在靠窗的一张桌旁坐下了。楼上"空空如也"，任我拣得最好的坐位：可以眺望楼下的废园。这园大概是不属于酒家的，我先前也曾眺望过许多回，有时也在雪天里。但现在从惯于北方的眼睛看来，却很值得惊异了：几株老梅竟斗雪开着满树的繁花，仿佛毫不以深冬为意；倒塌的亭子边还有一株山茶树，从暗绿的密叶里显出十几朵红花来，赫赫的在雪中明得如火，愤怒而且傲慢，如蔑视游人的甘心于远行。我这时又忽地想到这里积雪的滋润，著物不去，晶莹有光，不比朔雪的粉一般干，大风一吹，便飞得满空如烟雾。……

"客人，酒。……"

堂倌懒懒的说着，放下杯，筷，酒壶和碗碟，酒到了，我转脸向了板桌，排好器具，斟出酒来。觉得北方固不是我的旧乡，但南来又只能算一个客子，无论那边的干雪怎样纷飞，这里的柔雪又怎样的依恋，于我都没有什么关系了。我略带些哀愁，然而很舒服的呷一口酒。酒味很纯正；油豆腐也煮得十分好；可惜辣酱太淡薄，本来S城人是不懂得吃辣的。

大概是因为正在下午的缘故罢，这虽说是酒楼，却毫无酒楼气，我已经喝下三杯酒去了，而我以外还是四张空板桌。我看着废园，渐渐的感到孤独，但又不愿有别的酒客上来。偶然听得楼梯上脚步响，便不由的有些懊恼，待到看见是堂倌，才又安心了，这样的又喝了两杯酒。

我想，这回定是酒客了，因为听得那脚步声比堂倌的要缓得多。约略料他走完了楼梯的时候，我便害怕似的抬头去看这无干的同伴，同时也就吃惊的站起来。我竟不料在这里意外的遇见朋友了，——假如他现在还许我称他为朋友。那上来的分明是我的旧同窗，也是做教员时代的旧同事，面貌虽然颇有些改变，但一见也就认识，独有行动却变得格外迂缓，很不像当年敏捷精悍的吕纬甫了。

"阿，——纬甫，是你么？我万想不到会在这里遇见你。"

"阿阿，是你？我也万想不到……"

我就邀他同坐，但他似乎略略踌蹰之后，方才坐下来。我起先很以为奇，接着便有些悲伤，而且不快了。细看他相貌，也还是乱蓬蓬的须发；苍白的长方脸，然而衰瘦了。精神很沉静，或者却是颓唐；又浓又黑的眉毛底下的眼睛也失了神采，但当他缓缓的四顾的时候，却对废园忽地闪出我在学校时代常常看见的射人的光来。

"我们，"我高兴的，然而颇不自然的说，"我们这一别，怕有十年了罢。我早知道你在济南，可是实在懒得太难，终于没有写一封信。……"

"彼此都一样。可是现在我在太原了，已经两年多，和我的母亲。我回来接她的时候，知道你早搬走了，搬得很干净。"

"你在太原做什么呢？"我问。

"教书，在一个同乡的家里。"

"这以前呢？"

"这以前么？"他从衣袋里掏出一支烟卷来，点了火衔在嘴里，看着喷出的烟雾，沉思似的说，"无非做了些无聊的事情，等于什么也没有做。"

他也问我别后的景况；我一面告诉他一个大概，一面叫堂倌先取杯筷来，使他先喝着我的酒，然后再去添二斤。其间还点菜，我们先前原是毫不客气的，但此刻却推让起来了，终于说不清那一样是谁点的，就从堂倌的口头报告上指定了四样菜：茴香豆，冻肉，油豆腐，青鱼干。

"我一回来，就想到我可笑。"他一手擎着烟卷，一只手扶着酒杯，似笑非笑的向我说。"我在少年时，看见蜂子或蝇子停在一个地方，给什么来一吓，即刻飞去了，但是飞了一个小圈子，便又回来停在原地点，便以为这实在很可笑，也可怜。可不料现在我自己也飞回来了，不过绕了一点小圈子。又不料你也回来了。你不能飞得更远些么？"

"这难说，大约也不外乎绕点小圈子罢。"我也似笑非笑的说。"但是你为什么飞回来的呢？"

"也还是为了无聊的事。"他一口喝干了一杯酒，吸几口烟，眼睛略为张大了。"无聊的。——但是我们就谈谈罢。"

堂倌搬上新添的酒菜来，排满了一桌，楼上又添了烟气和油豆腐的热气，仿佛热闹起来了；楼外的雪也越加纷纷的下。

"你也许本来知道，"他接着说，"我曾经有一个小兄弟，是三岁上死掉的，就葬在这乡下。我连他的模样都记不清楚了，但听母亲说，是一个很可爱念的孩子，和我也很相投，至今她提起来还似乎要下泪。今年春天，一个堂兄就来了一封信，说他的坟边已经渐渐的浸了水，不久怕要陷入河里去了，须得赶紧去设法。母亲一知道就很着急，几乎几夜睡不着，——她又自己能看信的。然而我能有什么法子呢？没有钱，没有工夫：当时什么法也没有。

"一直挨到现在,趁着年假的闲空,我才得回南给他来迁葬。"他又喝干一杯酒,看着窗外,说,"这在那边那里能如此呢?积雪里会有花,雪地下会不冻。就在前天,我在城里买了一口小棺材,——因为我豫料那地下的应该早已朽烂了,——带着棉絮和被褥,雇了四个土工,下乡迁葬去。我当时忽而很高兴,愿意掘一回坟,愿意一见我那曾经和我很亲睦的小兄弟的骨殖:这些事我生平都没有经历过。到得坟地,果然,河水只是咬进来,离坟已不到二尺远。可怜的坟,两年没有培土,也平下去了。我站在雪中,决然的指着他对土工说,'掘开来!'我实在是一个庸人,我这时觉得我的声音有些希奇,这命令也是一个在我一生中最为伟大的命令。但土工们却毫不骇怪,就动手掘下去了。待到掘着圹穴,我便过去看,果然,棺木已经快要烂尽了,只剩下一堆木丝和小木片。我的心颤动着,自去拨开这些,很小心的,要看一看我的小兄弟。然而出乎意外!被褥,衣服,骨骼,什么也没有。我想,这些都消尽了,向来听说最难烂的是头发,也许还有罢。我便伏下去,在该是枕头所在的泥土里仔仔细细的看,也没有。踪影全无!"

我忽而看见他眼圈微红了,但立即知道是有了酒意。他总不很吃菜,单是把酒不停的喝,早喝了一斤多,神情和举动都活泼起来,渐近于先前所见的吕纬甫了。我叫堂倌再添二斤酒,然后回转身,也拿着酒杯,正对面默默的听着。

"其实,这本已可以不必再迁,只要平了土,卖掉棺材,就此完事了的。我去卖棺材虽然有些离奇,但只要价钱极便宜,原铺子就许要,至少总可以捞回几文酒钱来。但我不这样,我仍然铺好被褥,用棉花裹了些他先前身体所在的地方的泥土,包起来,装在新棺材里,运到我父亲埋着的坟地上,在他坟旁埋掉了。因为外面用砖墎①,昨天又忙了我大半天:监工。但这样总算完结了一件事,足够去骗骗我的母亲,使她安心些。——阿阿,你这样的看我,你怪我何以和先前太不相同了么?是的,我也还记得我们同到城隍②庙里去拔掉神像的胡子的时候,连日议论些改革中国的方法以至于打起来的时候。但我现在就是这样了,敷敷衍衍,模模胡胡。我有时自己也想到,倘若先前的朋友看见我,怕会不认我做朋友了。——然而我现在就是这样。"

他又掏出一支烟卷来,衔在嘴里,点了火。

"看你的神情,你似乎还有些期望我,——我现在自然麻木得多了,但是有些事也还看得出。这使我很感激,然而也使我很不安:

---

① 砖墎:指在墓中围绕棺木四周砌起的砖壁。
② 城隍:迷信中主管城池的神。

怕我终于辜负了至今还对我怀着好意的老朋友。……"他忽而停住了，吸几口烟，才又慢慢的说，"正在今天，刚在我到这一石居来之前，也就做了一件无聊事，然而也是我自己愿意做的。我先前的东边的邻居叫长富，是一个船户。他有一个女儿叫阿顺，你那时到我家里来，也许见过的，但你一定没有留心，因为那时她还小。后来她也长得并不好看，不过是平常的瘦瘦的瓜子脸，黄脸皮；独有眼睛非常大，睫毛也很长，眼白又青得如夜的晴天，而且是北方的无风的晴天，这里的就没有那么明净了。她很能干，十多岁没了母亲，招呼两个小弟妹都靠她；又得服侍父亲，事事都周到；也经济，家计倒渐渐的稳当起来了。邻居几乎没有一个不夸奖她，连长富也时常说些感激的话。这一次我动身回来的时候，我的母亲又记得她了，老年人记性真长久。她说她曾经知道顺姑因为看见谁的头上戴着红的剪绒花，自己也想有一朵，弄不到，哭了，哭了小半夜，就挨了她父亲的一顿打，后来眼眶还红肿了两三天。这种剪绒花是外省的东西，S城里尚且买不出，她那里想得到手呢？趁我这一次回南的便，便叫我买两朵去送她。

"我对于这差使倒并不以为烦厌，反而很喜欢；为阿顺，我实在还有些愿意出力的意思的。前年，我回来接我母亲的时候，有一天，长富正在家，不知怎的我和他闲谈起来了。他便要请我吃点心，荞麦粉，并且告诉我所加的是白糖。你想，家里能有白糖的船户，可见决不是一个穷船户了，所以他也吃得很阔绰。我被劝不过，答应了，但要求只要用小碗。他也很识世故，便嘱咐阿顺说，'他们文人，是不会吃东西的。你就用小碗，多加糖！'然而等到调好端来的时候，仍然使我吃一吓，是一大碗，足够我吃一天。但是和长富吃的一碗比起来，我的也确乎算小碗。我生平没有吃过荞麦粉，这回一尝，实在不可口，却是非常甜。我漫然的吃了几口，就想不吃了，然而无意中，忽然间看见阿顺远远的站在屋角里，就使我立刻消失了放下碗筷的勇气。我看她的神情，是害怕而且希望，大约怕自己调得不好，愿我们吃得有味。我知道如果剩下大半碗来，一定要使她很失望，而且很抱歉。我于是同时决心，放开喉咙灌下去了，几乎吃得和长富一样快。我由此才知道硬吃的苦痛，我只记得还做孩子时候的吃尽一碗拌着驱除蛔虫药粉的沙糖才有这样难。然而我毫不抱怨，因为她过来收拾空碗时候的忍着的得意的笑容，已尽够赔偿我的苦痛而有余了。所以我这一夜虽然饱胀得睡不稳，又做了一大串恶梦，也还是祝赞她一生幸福，愿世界为她变好。然而这些意思也不过是我的那些旧日的梦的痕迹，即刻就自笑，接着也就忘却了。

"我先前并不知道她曾经为了一朵剪绒花挨打，但因为母亲一说起，便也记得了荞麦粉的事，意外的勤快起来了。我先在太原城里搜求了一遍，都没有；一直到济南……"

窗外沙沙的一阵声响，许多积雪从被他压弯了的一枝山茶树上滑下去了，树枝笔挺的伸直，更显出乌油油的肥叶和血红的花来。天空的铅色来得更浓；小鸟雀啾唧的叫着，大概黄昏将近，地面又全罩了雪，寻不出什么食粮，都赶早回巢来休息了。

"一直到了济南，"他向窗外看了一回，转身喝干一杯酒，又吸几口烟，接着说。"我才买到剪绒花。我也不知道使她挨打的是不是这一种，总之是绒做的罢了。我也不知道她喜欢深色还是浅色，就买了一朵大红的，一朵粉红的，都带到这里来。

"就是今天午后，我一吃完饭，便去看长富，我为此特地耽搁了一天。他的家倒还在，只是看去很有些晦气色了，但这恐怕不过是我自己的感觉。他的儿子和第二个女儿——阿昭，都站在门口，大了。阿昭长得全不像她姊姊，简直像一个鬼，但是看见我走向她家，便飞奔的逃进屋里去。我就问那小子，知道长富不在家。'你的大姊呢？'他立刻瞪起眼睛，连声问我寻她什么事，而且恶狠狠的似乎就要扑过来，咬我。我支吾着退走了，我现在是敷敷衍衍……

"你不知道，我可是比先前更怕去访人了。因为我已经深知道自己之讨厌，连自己也讨厌，又何必明知故犯的去使人暗暗地不快呢？

然而这回的差使是不能不办妥的,所以想了一想,终于回到就在斜对门的柴店里。店主的母亲,老发奶奶,倒也还在,而且也还认识我,居然将我邀进店里坐去了。我们寒暄几句之后,我就说明了回到S城和寻长富的缘故。不料她叹息说:

"'可惜顺姑没有福气戴这剪绒花了。'

"她于是详细的告诉我,说是'大约从去年春天以来,她就见得黄瘦,后来忽而常常下泪了,问她缘故又不说;有时还整夜的哭,哭得长富也忍不住生气,骂她年纪大了,发了疯。可是一到秋初,起先不过小伤风,终于躺倒了,从此就起不来。直到咽气的前几天,才肯对长富说,她早就像她母亲一样,不时的吐红和流夜汗。但是瞒着,怕他因此要担心。有一夜,她的伯伯长庚又来硬借钱,——这是常有的事,——她不给,长庚就冷笑着说:你不要骄气,你的男人比我还不如!她从此就发了愁,又怕羞,不好问,只好哭。长富赶紧将她的男人怎样的挣气的话说给她听,那里还来得及?况且她也不信,反而说:好在我已经这样,什么也不要紧了。'

"她还说,'如果她的男人真比长庚不如,那就真可怕呵!比不上一个偷鸡贼,那是什么东西呢?然而他来送殓的时候,我是亲眼看见他的,衣服很干净,人也体面;还眼泪汪汪的说,自己撑了半世小船,苦熬苦省的积起钱来聘了一个女人,偏偏又死掉了。可见他实在是一个好人,长庚说的全是诳。只可惜顺姑竟会相信那样的贼骨头的诳话,白送了性命。——但这也不能去怪谁,只能怪顺姑自己没有这一份好福气。'

"那倒也罢,我的事情又完了。但是带在身边的两朵剪绒花怎么办呢?好,我就托她送了阿昭。这阿昭一见我就飞跑,大约将我当作一只狼或是什么,我实在不愿意去送她。——但是我也就送她了,对母亲只要说阿顺见了喜欢的了不得就是。这些无聊的事算什么?只要模模胡胡。模模胡胡的过了新年,仍旧教我的'子曰诗云'去。"

"你教的是'子曰诗云'么?"我觉得奇异,便问。

"自然。你还以为教的是 ABCD 么?我先是两个学生,一个读《诗经》①,一个读《孟子》②。新近又添了一个,女的,读《女儿经》③。连算学也不教,不是我不教,他们不要教。"

"我实在料不到你倒去教这类的书,……"

"他们的老子要他们读这些;我是别人,无乎不可的。这些无聊

---

① 《诗经》:我国最早的诗歌总集,共三百零五篇。编成于春秋时代,大抵是周初到春秋中期的作品,相传曾经孔丘删定。
② 《孟子》:记载战国中期儒家学派代表人物孟轲(约前372—前289)的言行的书,由他的弟子纂辑而成。
③ 《女儿经》:一种向妇女宣传封建礼教的通俗读物。版本较多,作者不一,较流行的有明代赵南星注刻本。

的事算什么？只要随随便便，……"

他满脸已经通红，似乎很有些醉，但眼光却又消沉下去了。我微微的叹息，一时没有话可说。楼梯上一阵乱响，拥上几个酒客来：当头的是矮子，臃肿的圆脸；第二个是长的，在脸上很惹眼的显出一个红鼻子；此后还有人，一叠连的走得小楼都发抖。我转眼去看吕纬甫，他也正转眼来看我，我就叫堂倌算酒账。

"你借此还可以支持生活么？"我一面准备走，一面问。

"是的。——我每月有二十元，也不大能够敷衍。"

"那么，你以后豫备怎么办呢？"

"以后？——我不知道。你看我们那时豫想的事可有一件如意？我现在什么也不知道，连明天怎样也不知道，连后一分……"

堂倌送上账来，交给我；他也不像初到时候的谦虚了，只向我看了一眼，便吸烟，听凭我付了账。

我们一同走出店门，他所住的旅馆和我的方向正相反，就在门口分别了。我独自向着自己的旅馆走，寒风和雪片扑在脸上，倒觉得很爽快。见天色已是黄昏，和屋宇和街道都织在密雪的纯白而不定的罗网里。

一九二四年二月一六日

孤 独 者

一

我和魏连殳相识一场,回想起来倒也别致,竟是以送殓始,以送殓终。

那时我在 S 城,就时时听到人们提起他的名字,都说他很有些古怪:所学的是动物学,却到中学堂去做历史教员;对人总是爱理不理的,却常喜欢管别人的闲事;常说家庭应该破坏,一领薪水却一定立即寄给他的祖母,一日也不拖延。此外还有许多零碎的话柄;总之,在 S 城里也算是一个给人当作谈助的人。有一年的秋天,我在寒石山的一个亲戚家里闲住;他们就姓魏,是连殳的本家。但他们却更不明白他,仿佛将他当作一个外国人看待,说是"同我们都异样的"。

这也不足为奇,中国的兴学虽说已经二十年了,寒石山却连小学也没有。全山村中,只有连殳是出外游学的学生,所以从村人看来,他确是一个异类;但也很妒羡,说他挣得许多钱。

到秋末,山村中痢疾流行了;我也自危,就想回到城中去。那时听说连殳的祖母就染了病,因为是老年,所以很沉重;山中又没有一个医生。所谓他的家属者,其实就只有一个这祖母,雇一名女工简单地过活;他幼小失了父母,就由这祖母抚养成人的。听说她先前也曾经吃过许多苦,现在可是安乐了。但因为他没有家小,家中究竟非常寂寞,这大概也就是大家所谓异样之一端罢。

寒石山离城是旱道一百里,水道七十里,专使人叫连殳去,往返至少就得四天。山村僻陋,这些事便算大家都要打听的大新闻,第二天便轰传她病势已经极重,专差也出发了;可是到四更天竟咽了气,最后的话,是:"为什么不肯给我会一会连殳的呢?……"

族长,近房,他的祖母的母家的亲丁,闲人,聚集了一屋子,豫计连殳的到来,应该已是入殓的时候了。寿材寿衣早已做成,都无须筹划;他们的第一大问题是在怎样对付这"承重孙"①,因为逆

---

① "承重孙":按封建宗法制度,长子先亡,由嫡长孙代替亡父充当祖父母丧礼的主持人,称承重孙。

料他关于一切丧葬仪式,是一定要改变新花样的。聚议之后,大概商定了三大条件,要他必行。一是穿白,二是跪拜,三是请和尚道士做法事①。总而言之:是全都照旧。

他们既经议妥,便约定在连殳到家的那一天,一同聚在厅前,排成阵势,互相策应,并力作一回极严厉的谈判。村人们都咽着唾沫,新奇地听候消息;他们知道连殳是"吃洋教"的"新党",向来就不讲什么道理,两面的争斗,大约总要开始的,或者还会酿成一种出人意外的奇观。

传说连殳的到家是下午,一进门,向他祖母的灵前只是弯了一弯腰。族长们便立刻照像定计划进行,将他叫到大厅上,先说过一大篇冒头,然后引入本题,而且大家此唱彼和,七嘴八舌,使他得不到辩驳的机会。但终于话都说完了,沉默充满了全厅,人们全数悚然地紧看着他的嘴。只见连殳神色也不动,简单地回答道:

"都可以的。"

这又很出于他们的意外,大家的心的重担都放下了,但又似乎反加重,觉得太"异样",倒很有些可虑似的。打听新闻的村人们也

---

① 法事:原指佛教徒念经、供佛一类活动。这里指和尚、道士超度亡魂的迷信仪式,也叫"做功德"。

很失望,口口相传道,"奇怪!他说'都可以'哩!我们看去罢!"都可以就是照旧,本来是无足观了,但他们也还要看,黄昏之后,便欣欣然聚满了一堂前。

我也是去看的一个,先送了一份香烛;待到走到他家,已见连殳在给死者穿衣服了。原来他是一个短小瘦削的人,长方脸,蓬松的头发和浓黑的须眉占了一脸的小半,只见两眼在黑气里发光。那穿衣也穿得真好,井井有条,仿佛是一个大殓的专家,使旁观者不觉叹服。寒石山老例,当这些时候,无论如何,母家的亲丁是总要挑剔的;他却只是默默地,遇见怎么挑剔便怎么改,神色也不动。站在我前面的一个花白头发的老太太,便发出羡慕感叹的声音。

其次是拜;其次是哭,凡女人们都念念有词。其次入棺;其次又是拜;又是哭,直到钉好了棺盖。沉静了一瞬间,大家忽而扰动了,很有惊异和不满的形势。我也不由的突然觉到:连殳就始终没有落过一滴泪,只坐在草荐①上,两眼在黑气里闪闪地发光。

---

① 草荐:用草编成的垫子。按旧时的丧仪,重孝的子孙必须跪、趴在草荐上。

大殓便在这惊异和不满的空气里面完毕。大家都怏怏地,似乎想走散,但连殳却还坐在草荐上沉思。忽然,他流下泪来了,接着就失声,立刻又变成长嚎,像一匹受伤的狼,当深夜在旷野中嗥叫,惨伤里夹杂着愤怒和悲哀。这模样,是老例上所没有的,先前也未曾豫防到,大家都手足无措了,迟疑了一会,就有几个人上前去劝止他,愈去愈多,终于挤成一大堆。但他却只是兀坐着号咷,铁塔似的动也不动。

大家又只得无趣地散开;他哭着,哭着,约有半点钟,这才突然停了下来,也不向吊客招呼,径自往家里走。接着就有前去窥探的人来报告:他走进他祖母的房里,躺在床上,而且,似乎就睡熟了。

隔了两日,是我要动身回城的前一天,便听到村人都遭了魔似的发议论,说连殳要将所有的器具大半烧给他祖母,余下的便分赠生时侍奉,死时送终的女工,并且连房屋也要无期地借给她居住了。亲戚本家都说到舌敝唇焦,也终于阻挡不住。

恐怕大半也还是因为好奇心,我归途中经过他家的门口,便又顺便去吊慰。他穿了毛边的白衣出见,神色也还是那样,冷冷的。我很劝慰了一番;他却除了唯唯诺诺之外,只回答了一句话,是:

"多谢你的好意。"

二

我们第三次相见就在这年的冬初,S 城的一个书铺子里,大家同时点了一点头,总算是认识了。但使我们接近起来的,是在这年底我失了职业之后。从此,我便常常访问连殳去。一则,自然是因为无聊赖;二则,因为听人说,他倒很亲近失意的人的,虽然素性这么冷。但是世事升沉无定,失意人也不会长是失意人,所以他也就很少长久的朋友。这传说果然不虚,我一投名片,他便接见了。两间连通的客厅,并无什么陈设,不过是桌椅之外,排列些书架,大家虽说他是一个可怕的"新党",架上却不很有新书。他已经知道我失了职业;但套话一说就完,主客便只好默默地相对,逐渐沉闷起来。我只见他很快地吸完一支烟,烟蒂要烧着手指了,才抛在地面上。

"吸烟罢。"他伸手取第二支烟时,忽然说。

我便也取了一支,吸着,讲些关于教书和书籍的,但也还觉得沉闷。我正想走时,门外一阵喧嚷和脚步声,四个男女孩子闯进来了。大的八九岁,小的四五岁,手脸和衣服都很脏,而且丑得可以。但是连殳的眼里却即刻发出欢喜的光来了,连忙站起,向客厅间壁

的房里走,一面说道:

"大良,二良,都来!你们昨天要的口琴,我已经买来了。"

孩子们便跟着一齐拥进去,立刻又各人吹着一个口琴一拥而出,一出客厅门,不知怎的便打将起来。有一个哭了。

"一人一个,都一样的。不要争呵!"他还跟在后面嘱咐。

"这么多的一群孩子都是谁呢?"我问。

"是房主人的。他们都没有母亲,只有一个祖母。"

"房东只一个人么?"

"是的。他的妻子大概死了三四年了罢,没有续娶。——否则,便要不肯将余屋租给我似的单身人。"他说着,冷冷地微笑了。

我很想问他何以至今还是单身,但因为不很熟,终于不好开口。

只要和连殳一熟识,是很可以谈谈的。他议论非常多,而且往往颇奇警。使人不耐的倒是他的有些来客,大抵是读过《沉沦》[1]的罢,时常自命为"不幸的青年"或是"零余者",螃蟹一般懒散而骄傲地堆在大椅子上,一面唉声叹气,一面皱着眉头吸烟。还有

---

[1] 《沉沦》:小说集,郁达夫著,内收中篇小说《沉沦》和短篇小说《南迁》、《银灰色的死》,一九二一年十月上海泰东图书局出版。这些作品以"不幸的青年"或"零余者"为主人公,反映当时一部分小资产阶级知识分子在帝国主义、封建势力压抑下的忧郁、苦闷和自暴自弃的病态心理,带有颓废的倾向。

那房主的孩子们,总是互相争吵,打翻碗碟,硬讨点心,乱得人头昏。但连殳一见他们,却再不像平时那样的冷冷的了,看得比自己的性命还宝贵。听说有一回,三良发了红斑痧,竟急得他脸上的黑气愈见其黑了;不料那病是轻的,于是后来便被孩子们的祖母传作笑柄。

"孩子总是好的。他们全是天真……。"他似乎也觉得我有些不耐烦了,有一天特地乘机对我说。

"那也不尽然。"我只是随便回答他。

"不。大人的坏脾气,在孩子们是没有的。后来的坏,如你平日所攻击的坏,那是环境教坏的。原来却并不坏,天真……。我以为中国的可以希望,只在这一点。"

"不。如果孩子中没有坏根苗,大起来怎么会有坏花果?譬如一粒种子,正因为内中本含有枝叶花果的胚,长大时才能够发出这些东西来。何尝是无端……。"我因为闲着无事,便也如大人先生们一下野,就要吃素谈禅①一样,正在看佛经。佛理自然是并不懂得的,但竟也不自检点,一味任意地说。

---

① 吃素谈禅:谈禅,指谈论佛教教义。当时军阀官僚在失势后,往往发表下野"宣言"或"通电",宣称出洋游历或隐居山林、吃斋念佛,从此不问国事等,实则窥测方向,伺机再起。

然而连发气忿了，只看了我一眼，不再开口。我也猜不出他是无话可说呢，还是不屑辩。但见他又显出许久不见的冷冷的态度来，默默地连吸了两支烟；待到他再取第三支时，我便只好逃走了。

这仇恨是历了三月之久才消释的。原因大概是一半因为忘却，一半则他自己竟也被"天真"的孩子所仇视了，于是觉得我对于孩子的冒渎的话倒也情有可原。但这不过是我的推测。其时是在我的寓里的酒后，他似乎微露悲哀模样，半仰着头道：

"想起来真觉得有些奇怪。我到你这里来时，街上看见一个很小的小孩，拿了一片芦叶指着我道：杀！他还不很能走路……。"

"这是环境教坏的。"

我即刻很后悔我的话。但他却似乎并不介意，只竭力地喝酒，其间又竭力地吸烟。

"我倒忘了，还没有问你，"我便用别的话来支吾，"你是不大访问人的，怎么今天有这兴致来走走呢？我们相识有一年多了，你到我这里来却还是第一回。"

"我正要告诉你呢：你这几天切莫到我寓里来看我了。我的寓里正有很讨厌的一大一小在那里，都不像人！"

"一大一小？这是谁呢？"我有些诧异。

"是我的堂兄和他的小儿子。哈哈，儿子正如老子一般。"

"是上城来看你,带便玩玩的罢?"

"不。说是来和我商量,就要将这孩子过继给我的。"

"呵!过继给你?"我不禁惊叫了,"你不是还没有娶亲么?"

"他们知道我不娶的了。但这都没有什么关系。他们其实是要过继给我那一间寒石山的破屋子。我此外一无所有,你是知道的;钱一到手就花完。只有这一间破屋子。他们父子的一生的事业是在逐出那一个借住着的老女工。"

他那语气的冷峭,实在又使我悚然。但我还慰解他说:

"我看你的本家也还不至于此。他们不过思想略旧一点罢了。譬如,你那年大哭的时候,他们就都热心地围着使劲来劝你……。"

"我父亲死去之后,因为夺我屋子,要我在笔据上画花押,我大哭着的时候,他们也是这样热心地围着使劲来劝我……。"他两眼向上凝视,仿佛要在空中寻出那时的情景来。

"总而言之:关键就全在你没有孩子。你究竟为什么老不结婚的呢?"我忽而寻到了转舵的话,也是久已想问的话,觉得这时是最好的机会了。

他诧异地看着我,过了一会,眼光便移到他自己的膝髁上去了,于是就吸烟,没有回答。

三

但是，虽在这一种百无聊赖的境地中，也还不给连殳安住。渐渐地，小报上有匿名人来攻击他，学界上也常有关于他的流言，可是这已经并非先前似的单是话柄，大概是于他有损的了。我知道这是他近来喜欢发表文章的结果，倒也并不介意。S城人最不愿意有人发些没有顾忌的议论，一有，一定要暗暗地来叮他，这是向来如此的，连殳自己也知道。但到春天，忽然听说他已被校长辞退了。这却使我觉得有些兀突；其实，这也是向来如此的，不过因为我希望着自己认识的人能够幸免，所以就以为兀突罢了，S城人倒并非这一回特别恶。

其时我正忙着自己的生计，一面又在接洽本年秋天到山阳去当教员的事，竟没有工夫去访问他。待到有些余暇的时候，离他被辞退那时大约快有三个月了，可是还没有发生访问连殳的意思。有一天，我路过大街，偶然在旧书摊前停留，却不禁使我觉到震悚，因为在那里陈列着的一部汲古阁初印本《史记索隐》①，正是连殳的

---

① 《史记索隐》：唐代司马贞注释《史记》的书，共三十卷。汲古阁，是明末藏书家毛晋的藏书室。《史记索隐》是毛晋重刻的宋版书之一。

书。他喜欢书,但不是藏书家,这种本子,在他是算作贵重的善本,非万不得已,不肯轻易变卖的。难道他失业刚才两三月,就一贫至此么?虽然他向来一有钱即随手散去,没有什么贮蓄。于是我便决意访问连殳去,顺便在街上买了一瓶烧酒,两包花生米,两个熏鱼头。

他的房门关闭着,叫了两声,不见答应。我疑心他睡着了,更加大声地叫,并且伸手拍着房门。

"出去了罢!"大良们的祖母,那三角眼的胖女人,从对面的窗口探出她花白的头来了,也大声说,不耐烦似的。

"那里去了呢?"我问。

"那里去了?谁知道呢?——他能到那里去呢,你等着就是,一会儿总会回来的。"

我便推开门走进他的客厅去。真是"一日不见,如隔三秋"①,满眼是凄凉和空空洞洞,不但器具所余无几了,连书籍也只剩了在S城决没有人要的几本洋装书。屋中间的圆桌还在,先前曾经常常围绕着忧郁慷慨的青年,怀才不遇的奇士和腌臜吵闹的孩子们的,

---

① "一日不见,如隔三秋":语出《诗经·王风·采葛》:"一日不见,如三秋兮。"

现在却见得很闲静,只在面上蒙着一层薄薄的灰尘。我就在桌上放了酒瓶和纸包,拖过一把椅子来,靠桌旁对着房门坐下。

的确不过是"一会儿",房门一开,一个人悄悄地阴影似的进来了,正是连殳。也许是傍晚之故罢,看去仿佛比先前黑,但神情却还是那样。

"阿!你在这里?来得多久了?"他似乎有些喜欢。

"并没有多久。"我说,"你到那里去了?"

"并没有到那里去,不过随便走走。"

他也拖过椅子来,在桌旁坐下;我们便开始喝烧酒,一面谈些关于他的失业的事。但他却不愿意多谈这些;他以为这是意料中的事,也是自己时常遇到的事,无足怪,而且无可谈的。他照例只是一意喝烧酒,并且依然发些关于社会和历史的议论。不知怎地我此时看见空空的书架,也记起汲古阁初印本的《史记索隐》,忽而感到一种淡漠的孤寂和悲哀。

"你的客厅这么荒凉……。近来客人不多了么?"

"没有了。他们以为我心境不佳,来也无意味。心境不佳,实在是可以给人们不舒服的。冬天的公园,就没有人去……。"他连喝两口酒,默默地想着,突然,仰起脸来看着我问道,"你在图谋的职业也还是毫无把握罢?……"

我虽然明知他已经有些酒意,但也不禁愤然,正想发话,只见他侧耳一听,便抓起一把花生米,出去了。门外是大良们笑嚷的声音。

但他一出去,孩子们的声音便寂然,而且似乎都走了。他还追上去,说些话,却不听得有回答。他也就阴影似的悄悄地回来,仍将一把花生米放在纸包里。

"连我的东西也不要吃了。"他低声,嘲笑似的说。

"连殳,"我很觉得悲凉,却强装着微笑,说,"我以为你太自寻苦恼了。你看得人间太坏……。"

他冷冷的笑了一笑。

"我的话还没有完哩。你对于我们,偶尔来访问你的我们,也以为因为闲着无事,所以来你这里,将你当作消遣的资料的罢?"

"并不。但有时也这样想。或者寻些谈资。"

"那你可错误了。人们其实并不这样。你实在亲手造了独头茧①,将自己裹在里面了。你应该将世间看得光明些。"我叹惜着说。

---

① 独头茧:绍兴方言称孤独的人为独头。蚕吐丝作茧,将自己孤独地裹在里面,所以这里用"独头茧"比喻自甘孤独的人。

"也许如此罢。但是,你说:那丝是怎么来的?——自然,世上也尽有这样的人,譬如,我的祖母就是。我虽然没有分得她的血液,却也许会继承她的运命。然而这也没有什么要紧,我早已豫先一起哭过了……。"

我即刻记起他祖母大殓时候的情景来,如在眼前一样。

"我总不解你那时的大哭……。"于是鹘突地问了。

"我的祖母入殓的时候吧?是的,你不解的。"他一面点灯,一面冷静地说,"你的和我交往,我想,还正因为那时的哭哩。你不知道,这祖母,是我父亲的继母;他的生母,他三岁时候就死去了。"他想着,默默地喝酒,吃完了一个熏鱼头。

"那些往事,我原是不知道的。只是我从小时候就觉得不可解。那时我的父亲还在,家景也还好,正月间一定要悬挂祖像,盛大地供养起来。看着这许多盛装的画像,在我那时似乎是不可多得的眼福。但那时,抱着我的一个女工总指了一幅像说:'这是你自己的祖母。拜拜吧,保佑你生龙活虎似的大得快。'我真不懂得我明明有着一个祖母,怎么又会有什么'自己的祖母'来。可是我爱这'自己的祖母',她不比家里的祖母一般老;她年青,好看,穿着描金的红衣服,戴着珠冠,和我母亲的像差不多。我看她时,她的眼睛也注视我,而且口角上渐渐增多了笑影;我知道她一定也是极其爱我的。

"然而我也爱那家里的,终日坐在窗下慢慢地做针线的祖母。虽然无论我怎样高兴地在她面前玩笑,叫她,也不能引她欢笑,常使我觉得冷冷地,和别人的祖母们有些不同。但我还爱她。可是到后来,我逐渐疏远她了;这也并非因为年纪大了,已经知道她不是我父亲的生母的缘故,倒是看久了终日终年的做针线,机器似的,自然免不了要发烦。但她却还是先前一样,做针线;管理我,也爱护我,虽然少见笑容,却也不加呵斥。直到我父亲去世,还是这样;后来呢,我们几乎全靠她做针线过活了,自然更这样,直到我进学堂⋯⋯。"

灯火消沉下去了,煤油已经将涸,他便站起,从书架下摸出一个小小的洋铁壶来添煤油。

"只这一月里,煤油已经涨价两次了⋯⋯。"他旋好了灯头,慢慢地说。"生活要日见其困难起来。——她后来还是这样,直到我毕业,有了事做,生活比先前安定些;恐怕还直到她生病,实在打熬不住了,只得躺下的时候吧⋯⋯。

"她的晚年,据我想,是总算不很辛苦的,享寿也不小了,正无须我来下泪。况且哭的人不是多着么?连先前竭力欺凌她的人们也哭,至少是脸上很惨然。哈哈!⋯⋯可是我那时不知怎地,将她的一生缩在眼前了,亲手造成孤独,又放在嘴里去咀嚼的人的一生。

而且觉得这样的人还很多哩。这些人们，就使我要痛哭，但大半也还是因为我那时太过于感情用事……。

"你现在对于我的意见，就是我先前对于她的意见。然而我的那时的意见，其实也不对的。便是我自己，从略知世事起，就的确逐渐和她疏远起来了……。"

他沉默了，指间夹着烟卷，低了头，想着。灯火在微微地发抖。

"呵，人要使死后没有一个人为他哭，是不容易的事呵。"他自言自语似的说；略略一停，便仰起脸来向我道，"想来你也无法可想。我也还得赶紧寻点事情做……。"

"你再没有可托的朋友了么？"我这时正是无法可想，连自己。

"那倒大概还有几个的，可是他们的境遇都和我差不多……。"

我辞别连殳出门的时候，圆月已经升在中天了，是极静的夜。

四

山阳的教育事业的状况很不佳。我到校两月，得不到一文薪水，只得连烟卷也节省起来。但是学校里的人们，虽是月薪十五六元的小职员，也没有一个不是乐天知命的，仗着逐渐打熬成功的铜筋铁骨，而黄肌瘦地从早办公一直到夜，其间看见名位较高的人物,还得恭恭敬敬地站起,实在都是不必"衣食足而知礼节"① 的人民。我每看见这情状,不知怎的总记起连殳临别托付我的话来。他那时生计更其不堪了,窘相时时显露,看去似乎已没有往时的深沉,知道我就要动身,深夜来访,迟疑了许久,才吞吞吐吐地说道:

"不知道那边可有法子想?——便是抄写,一月二三十块钱的也可以的。我……。"

我很诧异了,还不料他竟肯这样的迁就,一时说不出话来。

"我……,我还得活几天……。"

"那边去看一看,一定竭力去设法吧。"

这是我当日一口承当的答话,后来常常自己听见,眼前也同时浮出连殳的相貌,而且吞吞吐吐地说道"我还得活几天"。到这些时,我便设法向各处推荐一番;但有什么效验呢,事少人多,结果是别人给我几句抱歉的话,我就给他几句抱歉的信。到一学期将完的时候,那情形就更加坏了起来。那地方的几个绅士所办的《学理周报》上,竟开始攻击我了,自然是决不指名的,但措辞很巧妙,

---

① "衣食足而知礼节":语出《管子·牧民》:"仓廪实则知礼节,衣食足则知荣辱。"

使人一见就觉得我是在挑剔学潮①,连推荐连殳的事,也算是呼朋引类。

我只好一动不动,除上课之外,便关起门来躲着,有时连烟卷的烟钻出窗隙去,也怕犯了挑剔学潮的嫌疑。连殳的事,自然更是无从说起了。这样地一直到深冬。

下了一天雪,到夜还没有止,屋外一切静极,静到要听出静的声音来。我在小小的灯火光中,闭目枯坐,如见雪花片片飘坠,来增补这一望无际的雪堆;故乡也准备过年了,人们忙得很;我自己还是一个儿童,在后园的平坦处和一伙小朋友塑雪罗汉。雪罗汉的眼睛是用两块小炭嵌出来的,颜色很黑,这一闪动,便变了连殳的眼睛。

"我还得活几天!"仍是这样的声音。

"为什么呢?"我无端地这样问,立刻连自己也觉得可笑了。

这可笑的问题使我清醒,坐直了身子,点起一支烟卷来;推窗一望,雪果然下得更大了。听得有人叩门;不一会,一个人走进来,但是听熟的客寓杂役的脚步。他推开我的房门,交给我一封六寸多

---

① 挑剔学潮:一九二五年五月,作者和北京女子师范大学其他六位教授发表了支持该校学生反对反动的学校当局的宣言,陈西滢于同月《现代评论》第一卷第二十五期发表的《闲话》中,攻击作者等是"暗中挑剔风潮"。作者在这里借用此语,含有讽刺陈西滢文句不通的意味。

长的信，字迹很潦草，然而一瞥便认出"魏缄"两个字，是连殳寄来的。

这是从我离开S城以后他给我的第一封信。我知道他疏懒，本不以杳无消息为奇，但有时也颇怨他不给一点消息。待到接了这信，可又无端地觉得奇怪了，慌忙拆开来。里面也用了一样潦草的字体，写着这样的话：

"申飞……。

"我称你什么呢？我空着。你自己愿意称什么，你自己添上去吧。我都可以的。

"别后共得三信，没有复。这原因很简单：我连买邮票的钱也没有。

"你或者愿意知道些我的消息，现在简直告诉你吧：我失败了。先前，我自以为是失败者，现在知道那并不，现在才真是失败者了。先前，还有人愿意我活几天，我自己也还想活几天的时候，活不下去；现在，大可以无须了，然而要活下去……。

"然而就活下去么？

"愿意我活几天的，自己就活不下去。这人已被敌人诱杀了。谁杀的呢？谁也不知道。

"人生的变化多么迅速呵！这半年来，我几乎求乞了，实际，也可以算得已经求乞。然而我还有所为，我愿意为此求乞，为此冻馁，为此寂寞，为此辛苦。但灭亡是不愿意的。你看，有一个愿意我活几天的，那力量就这么大。然而现在是没有了，连这一个也没有了。同时，我自己也觉得不配活下去；别人呢？也不配的。同时，我自己又觉得偏要为不愿意我活下去的人们而活下去；好在愿意我好好地活下去的已经没有了，再没有谁痛心。使这样的人痛心，我是不愿意的。然而现在是没有了，连这一个也没有了。快活极了，舒服极了；我已经躬行我先前所憎恶，所反对的一切，拒斥我先前所崇仰，所主张的一切了。我已经真的失败，——然而我胜利了。

"你以为我发了疯么？你以为我成了英雄或伟人了么？不，不的。这事情很简单；我近来已经做了杜师长的顾问，每月的薪水就有现洋八十元了。

"申飞……。

"你将以我为什么东西呢，你自己定就是，我都可以的。

"你大约还记得我旧时的客厅吧，我们在城中初见和将别时候的客厅。现在我还用着这客厅。这里有新的宾客，新的馈赠，新的颂扬，新的钻营，新的磕头和打拱，新的打牌和猜拳，新的冷眼和恶心，新的失眠和吐血……。

"你前信说你教书很不如意。你愿意也做顾问么？可以告诉我，我给你办。其实是做门房也不妨,一样地有新的宾客和新的馈赠,新的颂扬……。

"我这里下大雪了。你那里怎样?现在已是深夜,吐了两口血,使我清醒起来。记得你竟从秋天以来陆续给了我三封信,这是怎样的可以惊异的事呵。我必须寄给你一点消息,你或者不至于倒抽一口冷气吧。

"此后,我大约不再写信的了,我这习惯是你早已知道的。何时回来呢?倘早,当能相见。——但我想,我们大概究竟不是一路的;那么,请你忘记我吧。我从我的真心感谢你先前常替我筹划生计。但是现在忘记我罢;我现在已经'好'了。

连殳。十二月十四日。"

这虽然并不使我"倒抽一口冷气",但草草一看之后,又细看了一遍,却总有些不舒服,而同时可又夹杂些快意和高兴;又想,他的生计总算已经不成问题,我的担子也可以放下了,虽然在我这一面始终不过是无法可想。忽而又想写一封信回答他,但又觉得没有话说,于是这意思也立即消失了。

我的确渐渐地在忘却他。在我的记忆中,他的面貌也不再时常出现。但得信之后不到十天,S城的学理七日报社忽然接续着邮寄他们的《学理七日报》来了。我是不大看这些东西的,不过既经寄到,也就随手翻翻。这却使我记起连殳来,因为里面常有关于他的诗文,如《雪夜谒连殳先生》,《连殳顾问高斋雅集》等等;有一回,《学理闲谭》里还津津地叙述他先前所被传为笑柄的事,称作"逸闻",言外大有"且夫非常之人,必能行非常之事"①的意思。

不知怎地虽然因此记起,但他的面貌却总是逐渐模糊;然而又似乎和我日加密切起来,往往无端感到一种连自己也莫名其妙的不安和极轻微的震颤。幸而到了秋季,这《学理七日报》就不寄来了;山阳的《学理周刊》上却又按期登起一篇长论文:《流言即事实论》。里面还说,关于某君们的流言,已在公正士绅间盛传了。这是专指几个人的,有我在内;我只好极小心,照例连吸烟卷的烟也谨防飞散。小心是一种忙的苦痛,因此会百事俱废,自然也无暇记得连殳。总之:我其实已经将他忘却了。

但我也终于敷衍不到暑假,五月底,便离开了山阳。

五

从山阳到历城,又到太谷,一总转了大半年,终于寻不出什么

---

① "且夫非常之人,必能行非常之事":语出《史记·司马相如列传》:"盖世必有非常之人,然后有非常之事。"

事情做，我便又决计回 S 城去了。到时是春初的下午，天气欲雨不雨，一切都罩在灰色中；旧寓里还有空房，仍然住下。在道上，就想起连殳的了，到后，便决定晚饭后去看他。我提着两包闻喜①名产的煮饼，走了许多潮湿的路，让道给许多拦路高卧的狗，这才总算到了连殳的门前。里面仿佛特别明亮似的。我想，一做顾问，连寓里也格外光亮起来了，不觉在暗中一笑。但仰面一看，门旁却白白的，分明贴着一张斜角纸②。我又想，大良们的祖母死了吧；同时也跨进门，一直向里面走。

微光所照的院子里，放着一具棺材，旁边站一个穿军衣的兵或是马弁，还有一个和他谈话的，看时却是大良的祖母；另外还闲站着几个短衣的粗人。我的心即刻跳起来了。她也转过脸来凝视我。

"阿呀！您回来了？何不早几天……。"她忽而大叫起来。

---

① 闻喜：山西省西南部的一个县名。
② 斜角纸：我国旧时民间习俗，人死后在大门旁斜贴一张白纸，纸上写明死者的性别和年龄，入殓时需要避开的是哪些生肖的人，以及"殃"和"煞"的种类、日期，使别人知道避忌。（这就是所谓"殃榜"。据清代范寅《越谚》：煞神，"人首鸡身"，"人死必如期至，犯之辄死"。）下文说的"子午卯酉"四生肖就是指凡属鼠、马、兔、鸡的人到时不应在场。

"谁……谁没有了?"我其实是已经大概知道的了,但还是问。

"魏大人,前天没有的。"

我四顾,客厅里暗沉沉的,大约只有一盏灯;正屋里却挂着白的孝帏,几个孩子聚在屋外,就是大良二良们。

"他停在那里,"大良的祖母走向前,指着说,"魏大人恭喜之后,我把正屋也租给他了;他现在就停在那里。"

孝帏上没有别的,前面是一张条桌,一张方桌;方桌上摆着十来碗饭菜。我刚跨进门,当面忽然现出两个穿白长衫的来拦住了,瞪了死鱼似的眼睛,从中发出惊疑的光来,钉住了我的脸。我慌忙说明我和连殳的关系,大良的祖母也来从旁证实,他们的手和眼光这才逐渐弛缓下去,默许我近前去鞠躬。

我一鞠躬,地下忽然有人呜呜的哭起来了,定神看时,一个十多岁的孩子伏在草荐上,也是白衣服,头发剪得很光的头上还络着一大绺苎麻丝①。

我和他们寒暄后,知道一个是连殳的从堂兄弟,要算最亲的了;一个是远房侄子。我请求看一看故人,他们却竭力拦阻,说是"不

---

① 苎麻丝:指"麻冠"(用苎麻编成)。旧时习俗,死者的儿子或承重孙在守灵和送殡时戴用,作为"重孝"的标志。

敢当"的。然而终于被我说服了,将孝帏揭起。

这回我会见了死的连殳。但是奇怪!他虽然穿一套皱的短衫裤,大襟上还有血迹,脸上也瘦削得不堪,然而面目却还是先前那样的面目,宁静地闭着嘴,合着眼,睡着似的,几乎要使我伸手到他鼻子前面,去试探他可是其实还在呼吸着。

一切是死一般静,死的人和活的人。我退开了,他的从堂兄弟却又来周旋,说"舍弟"正在年富力强,前程无限的时候,竟遽尔"作古"了,这不但是"衰宗"① 不幸,也太使朋友伤心。言外颇有替连殳道歉之意;这样地能说,在山乡中人是少有的。但此后也就沉默了,一切是死一般静,死的人和活的人。

我觉得很无聊,怎样的悲哀倒没有,便退到院子里,和大良们的祖母闲谈起来。知道入殓的时候是临近了,只待寿衣送到;钉棺材钉时,"子午卯酉"四生肖是必须躲避的。她谈得高兴了,说话滔滔地泉流似的涌出,说到他的病状,说到他生时的情景,也带些关于他的批评。

"你可知道魏大人自从交运之后,人就和先前两样了,脸也抬高起来,气昂昂的。对人也不再先前那么迂。你知道,他先前不是像

---

① "衰宗":旧时对自己宗族的谦称。

一个哑子,见我是叫老太太的么?后来就叫'老家伙'。唉唉,真是有趣。人送他仙居术①,他自己是不吃的,就摔在院子里,——就是这地方,——叫道,'老家伙,你吃去吧。'他交运之后,人来人往,我把正屋也让给他住了,自己便搬在这厢房里。他也真是一走红运,就与众不同,我们就常常这样说笑。要是你早来一个月,还赶得上看这里的热闹,三日两头的猜拳行令,说的说,笑的笑,唱的唱,做诗的做诗,打牌的打牌……。

"他先前怕孩子们比孩子们见老子还怕,总是低声下气的。近来可也两样了,能说能闹,我们的大良们也很喜欢和他玩,一有空,便都到他的屋里去。他也用种种方法逗着玩;要他买东西,他就要孩子装一声狗叫,或者磕一个响头。哈哈,真是过得热闹。前两月二良要他买鞋,还磕了三个响头哩,哪,现在还穿着,没有破呢。"

一个穿白长衫的人出来了,她就住了口。我打听连殳的病症,她却不大清楚,只说大约是早已瘦了下去的吧,可是谁也没理会,因为他总是高高兴兴的。到一个多月前,这才听到他吐过几回血,但似乎也没有看医生;后来躺倒了;死去的前三天,就哑了喉咙,说不出一句话。十三大人从寒石山路远迢迢地上城来,问他可有存

---

① 仙居术:浙江省仙居县所产的药用植物白术。

款,他一声也不响。十三大人疑心他装出来的,也有人说有些生痨病死的人是要说不出话来的,谁知道呢……。

"可是魏大人的脾气也太古怪,"她忽然低声说,"他就不肯积蓄一点,水似的花钱。十三大人还疑心我们得了什么好处。有什么屁好处呢?他就冤里冤枉胡里胡涂地花掉了。譬如买东西,今天买进,明天又卖出,弄破,真不知道是怎么一回事。待到死了下来,什么也没有,都糟掉了。要不然,今天也不至于这样地冷静……。

"他就是胡闹,不想办一点正经事。我是想到过的,也劝过他。这么年纪了,应该成家;照现在的样子,结一门亲很容易;如果没有门当户对的,先买几个姨太太也可以:人是总应该像个样子的。可是他一听到就笑起来,说道,'老家伙,你还是总替别人惦记着这等事么?'你看,他近来就浮而不实,不把人的好话当好话听。要是早听了我的话,现在何至于独自冷清清地在阴间摸索,至少,也可以听到几声亲人的哭声……。"

一个店伙背了衣服来了。三个亲人便捡出里衣,走进帏后去。不多久,孝帏揭起了,里衣已经换好,接着是加外衣。这很出我意外。一条土黄的军裤穿上了,嵌着很宽的红条,其次穿上去的是军衣,金闪闪的肩章,也不知道是什么品级,那里来的品级。到入棺,是连殳很不妥帖地躺着,脚边放一双黄皮鞋,腰边放一柄纸糊的指挥刀，骨瘦如柴的灰黑的脸旁，是一顶金边的军帽。

三个亲人扶着棺沿哭了一场，止哭拭泪；头上络麻线的孩子退出去了，三良也避去，大约都是属"子午卯酉"之一的。

粗人扛起棺盖来，我走近去最后看一看永别的连殳。

他在不妥帖的衣冠中，安静地躺着，合了眼，闭着嘴，口角间仿佛含着冰冷的微笑，冷笑着这可笑的死尸。

敲钉的声音一响，哭声也同时迸出来。这哭声使我不能听完，只好退到院子里；顺脚一走，不觉出了大门了。潮湿的路极其分明，仰看太空，浓云已经散去，挂着一轮圆月，散出冷静的光辉。

我快步走着，仿佛要从一种沉重的东西中冲出，但是不能够。耳朵中有什么挣扎着，久之，久之，终于挣扎出来了，隐约像是长嗥，像一匹受伤的狼，当深夜在旷野中嗥叫，惨伤里夹杂着愤怒和悲哀。

我的心地就轻松起来，坦然地在潮湿的石路上走，月光底下。

一九二五年十月十七日毕

伤 逝

——涓生的手记

如果我能够,我要写下我的悔恨和悲哀,为子君,为自己。

会馆①里的被遗忘在偏僻里的破屋是这样地寂静和空虚。时光过得真快,我爱子君,仗着她逃出这寂静和空虚,已经满一年了。事情又这么不凑巧,我重来时,偏偏空着的又只有这一间屋。依然是这样的破窗,这样的窗外的半枯的槐树和老紫藤,这样的窗前的方桌,这样的败壁,这样的靠壁的板床。深夜中独自躺在床上,就如我未曾和子君同居以前一般,过去一年中的时光全被消灭,全未有过,我并没有曾经从这破屋子搬出,在吉兆胡同创立了满怀希望

---

① 会馆:旧时都市中同乡会或同业公会设立的馆舍,供同乡或同业旅居、聚会之用。

的小小的家庭。

不但如此。在一年之前,这寂静和空虚是并不这样的,常常含着期待;期待子君的到来。在久待的焦躁中,一听到皮鞋的高底尖触着砖路的清响,是怎样地使我骤然生动起来呵!于是就看见带着笑涡的苍白的圆脸,苍白的瘦的臂膊,布的有条纹的衫子,玄色的裙。她又带了窗外的半枯的槐树的新叶来,使我看见,还有挂在铁似的老干上的一房一房的紫白的藤花。

然而现在呢,只有寂静和空虚依旧,子君却决不再来了,而且永远,永远地!……

子君不在我这破屋里时,我什么也看不见。在百无聊赖中,随手抓过一本书来,科学也好,文学也好,横竖什么都一样;看下去,看下去,忽而自己觉得,已经翻了十多页了,但是毫不记得书上所说的事。只是耳朵却分外地灵,仿佛听到大门外一切往来的履声,从中便有子君的,而且橐橐地逐渐临近,——但是,往往又逐渐渺茫,终于消失在别的步声的杂沓中了。我憎恶那不像子君鞋声的穿布底鞋的长班①的儿子,我憎恶那太像子君鞋声的常常穿着新皮鞋

---

① 长班:旧时官员的随身仆人,也用来称呼一般的"听差"。

的邻院的搽雪花膏的小东西!

莫非她翻了车么?莫非她被电车撞伤了么?……

我便要取了帽子去看她,然而她的胞叔就曾经当面骂过我。

蓦然,她的鞋声近来了,一步响于一步,迎出去时,却已经走过紫藤棚下,脸上带着微笑的酒窝。她在她叔子的家里大约并未受气;我的心宁帖了,默默地相视片时之后,破屋里便渐渐充满了我的语声,谈家庭专制,谈打破旧习惯,谈男女平等,谈伊孛生,谈泰戈尔,谈雪莱①……。她总是微笑点头,两眼里弥漫着稚气的好奇的光泽。壁上就钉着一张铜板的雪莱半身像,是从杂志上裁下来的,是他的最美的一张像。当我指给她看时,她却只草草一看,便低了头,似乎不好意思了。这些地方,子君就大概还未脱尽旧思想的束缚,——我后来也想,倒不如换一张雪莱淹死在海里的记念像或是伊孛生的吧;但也终于没有换,现在是连这一张也不知那里去了。

---

① 伊孛生(H. Ibsen,1828—1906):通译易卜生,挪威剧作家。泰戈尔(R. Tagore,1861—1941),印度诗人。一九二四年曾来过我国。当时他的诗作译成中文的有《新月集》、《飞鸟集》等。雪莱(P. B. Shelley,1792—1822),英国诗人。曾参加爱尔兰民族独立运动,因传播革命思想和争取婚姻自由屡遭迫害。后在海里覆舟淹死。他的《西风颂》、《云雀颂》等著名短诗,"五四"后被介绍到我国。

"我是我自己的,他们谁也没有干涉我的权利!"

这是我们交际了半年,又谈起她在这里的胞叔和在家的父亲时,她默想了一会之后,分明地,坚决地,沉静地说了出来的话。其时是我已经说尽了我的意见,我的身世,我的缺点,很少隐瞒;她也完全了解的了。这几句话很震动了我的灵魂,此后许多天还在耳中发响,而且说不出的狂喜,知道中国女性,并不如厌世家所说那样的无法可施,在不远的将来,便要看见辉煌的曙色的。

送她出门,照例是相离十多步远;照例是那鲇鱼须的老东西的脸又紧贴在脏的窗玻璃上了,连鼻尖都挤成一个小平面;到外院,照例又是明晃晃的玻璃窗里的那小东西的脸,加厚的雪花膏。她目不邪视地骄傲地走了,没有看见;我骄傲地回来。

"我是我自己的,他们谁也没有干涉我的权利!"这彻底的思想就在她的脑里,比我还透彻,坚强得多。半瓶雪花膏和鼻尖的小平面,于她能算什么东西呢?

我已经记不清那时怎样地将我的纯真热烈的爱表示给她。岂但现在,那时的事后便已模胡,夜间回想,早只剩了一些断片了;同居以后一两月,便连这些断片也化作无可追踪的梦影。我只记得那时以前的十几天,曾经很仔细地研究过表示的态度,排列过措辞的先后,以及倘或遭了拒绝以后的情形。可是临时似乎都无用,在慌张中,身不由己地竟用了在电影上见过的方法了。后来一想到,就使我很愧恧,但在记忆上却偏只有这一点永远留遗,至今还如暗室的孤灯一般,照见我含泪握着她的手,一条腿跪了下去……。

不但我自己的,便是子君的言语举动,我那时就没有看得分明;仅知道她已经允许我了。但也还仿佛记得她脸色变成青白,后来又渐渐转作绯红,——没有见过,也没有再见的绯红;孩子似的眼里射出悲喜,但是夹着惊疑的光,虽然力避我的视线,张皇地似乎要破窗飞去。然而我知道她已经允许我了,没有知道她怎样说或是没有说。

她却是什么都记得:我的言辞,竟至于读熟了的一般,能够滔滔背诵;我的举动,就如有一张我所看不见的影片挂在眼下,叙述得如生,很细微,自然连那使我不愿再想的浅薄的电影的一闪。夜阑人静,是相对温习的时候了,我常是被质问,被考验,并且被命复述当时的言语,然而常须由她补足,由她纠正,像一个丁等的学生。

这温习后来也渐渐稀疏起来。但我只要看见她两眼注视空中,出神似的凝想着,于是神色越加柔和,笑窝也深下去,便知道她又在自修旧课了,只是我很怕她看到我那可笑的电影的一闪。但我又知道,她一定要看见,而且也非看不可的。

然而她并不觉得可笑。即使我自己以为可笑,甚而至于可鄙的,她也毫不以为可笑。这事我知道得很清楚,因为她爱我,是这样地热烈,这样地纯真。

去年的暮春是最为幸福,也是最为忙碌的时光。我的心平静下去了,但又有别一部分和身体一同忙碌起来。我们这时才在路上同行,也到过几回公园,最多的是寻住所。我觉得在路上时时遇到探索,讥笑,猥亵和轻蔑的眼光,一不小心,便使我的全身有些瑟缩,只得即刻提起我的骄傲和反抗来支持。她却是大无畏的,对于这些全不关心,只是镇静地缓缓前行,坦然如入无人之境。

寻住所实在不是容易事,大半是被托辞拒绝,小半是我们以为不相宜。起先我们选择得很苛酷,——也非苛酷,因为看去大抵不像是我们的安身之所;后来,便只要他们能相容了。看了二十多处,这才得到可以暂且敷衍的处所,是吉兆胡同一所小屋里的两间南屋;主人是一个小官,然而倒是明白人,自住着正屋和厢房。他只有夫人和一个不到周岁的女孩子,雇一个乡下的女工,只要孩子不啼哭,是极其安闲幽静的。

我们的家具很简单,但已经用去了我的筹来的款子的大半;子君还卖掉了她唯一的金戒指和耳环。我拦阻她,还是定要卖,我也就不再坚持下去了;我知道不给她加入一点股分去,她是住不舒服的。

和她的叔子,她早经闹开,至于使他气愤到不再认她做侄女;我也陆续和几个自以为忠告,其实是替我胆怯,或者竟是嫉妒的朋友绝了交。然而这倒很清静。每日办公散后,虽然已近黄昏,车夫又一定走得这样慢,但究竟还有二人相对的时候。我们先是沉默的相视,接着是放怀而亲密的交谈,后来又是沉默。大家低头沉思着,却并未想着什么事。我也渐渐清醒地读遍了她的身体,她的灵魂,不过三星期,我似乎于她已经更加了解,揭去许多先前以为了解而现在看来却是隔膜,即所谓真的隔膜了。

子君也逐日活泼起来。但她并不爱花,我在庙会①时买来的两盆小草花,四天不浇,枯死在壁角了,我又没有照顾一切的闲暇。然而她爱动物,也许是从官太太那里传染的吧,不一月,我们的眷属便骤然加得很多,四只小油鸡,在小院子里和房主人的十多只在一同走。但她们却认识鸡的相貌,各知道那一只是自家的。还有一

---

① 庙会:又称"庙市",旧时在节日或规定的日子,设在寺庙或其附近的集市。

只花白的叭儿狗,从庙会买来,记得似乎原有名字,子君却给它另起了一个,叫作阿随。我就叫它阿随,但我不喜欢这名字。

这是真的,爱情必须时时更新,生长,创造。我和子君说起这,她也领会地点点头。

唉唉,那是怎样的宁静而幸福的夜呵!

安宁和幸福是要凝固的,永久是这样的安宁和幸福。我们在会馆里时,还偶有议论的冲突和意思的误会,自从到吉兆胡同以来,连这一点也没有了;我们只在灯下对坐的怀旧谭中,回味那时冲突以后的和解的重生一般的乐趣。

子君竟胖了起来,脸色也红活了;可惜的是忙。管了家务便连谈天的工夫也没有,何况读书和散步。我们常说,我们总还得雇一个女工。

这就使我也一样地不快活,傍晚回来,常见她包藏着不快活的颜色,尤其使我不乐的是她要装作勉强的笑容。幸而探听出来了,也还是和那小官太太的暗斗,导火线便是两家的小油鸡。但又何必硬不告诉我呢?人总该有一个独立的家庭。这样的处所,是不能居住的。

我的路也铸定了,每星期中的六天,是由家到局,又由局到家。

在局里便坐在办公桌前抄，抄，抄些公文和信件；在家里是和她相对或帮她生白炉子①，煮饭，蒸馒头。我的学会了煮饭，就在这时候。

但我的食品却比在会馆里时好得多了。做菜虽不是子君的特长，然而她于此却倾注着全力；对于她的日夜的操心，使我也不能不一同操心，来算作分甘共苦。况且她又这样地终日汗流满面，短发都粘在脑额上；两只手又只是这样地粗糙起来。

况且还要饲阿随，饲油鸡，……都是非她不可的工作。

我曾经忠告她：我不吃，倒也罢了；却万不可这样地操劳。她只看了我一眼，不开口，神色却似乎有点凄然；我也只好不开口。然而她还是这样地操劳。

我所豫期的打击果然到来。双十节②的前一晚，我呆坐着，她在洗碗。听到打门声，我去开门时，是局里的信差，交给我一张油印的纸条。我就有些料到了，到灯下去一看，果然，印着的就是：

---

① 白炉子：北京一带使用的一种用石灰和耐火粘土做成的小炉子。
② 双十节：一九一一年十月十日孙中山领导的革命党人举行武昌起义（即辛亥革命），次年一月一日建立中华民国，九月二十八日临时参议院议决十月十日为国庆纪念日，俗称"双十节"。

> 奉
>
> 局长谕史涓生着毋庸到局办事
>
> 秘书处启 十月九号

这在会馆里时,我就早已料到了;那雪花膏便是局长的儿子的赌友,一定要去添些谣言,设法报告的。到现在才发生效验,已经要算是很晚的了。其实这在我不能算是一个打击,因为我早就决定,可以给别人去抄写,或者教读,或者虽然费力,也还可以译点书,况且《自由之友》的总编辑便是见过几次的熟人,两月前还通过信。但我的心却跳跃着。那么一个无畏的子君也变了色,尤其使我痛心;她近来似乎也较为怯弱了。

"那算什么。哼,我们干新的。我们……。"她说。

她的话没有说完;不知怎地,那声音在我听去却只是浮浮的;灯光也觉得格外黯淡。人们真是可笑的动物,一点极微末的小事情,便会受着很深的影响。我们先是默默地相视,逐渐商量起来,终于决定将现有的钱竭力节省,一面登"小广告"去寻求抄写和教读,一面写信给《自由之友》的总编辑,说明我目下的遭遇,请他收用我的译本,给我帮一点艰辛时候的忙。

"说做,就做吧!来开一条新的路!"

我立刻转身向了书案,推开盛香油的瓶子和醋碟,子君便送过那黯淡的灯来。我先拟广告;其次是选定可译的书,迁移以来未曾翻阅过,每本的头上都满漫着灰尘了;最后才写信。

我很费踌躇,不知道怎样措辞好,当停笔凝思的时候,转眼去一瞥她的脸,在昏暗的灯光下,又很见得凄然。我真不料这样微细的小事情,竟会给坚决的,无畏的子君以这么显著的变化。她近来实在变得很怯弱了,但也并不是今夜才开始的。我的心因此更缭乱,忽然有安宁的生活的影像——会馆里的破屋的寂静,在眼前一闪,刚刚想定睛凝视,却又看见了昏暗的灯光。

许久之后,信也写成了,是一封颇长的信;很觉得疲劳,仿佛近来自己也较为怯弱了。于是我们决定,广告和发信,就在明日一同实行。大家不约而同地伸直了腰肢,在无言中,似乎又都感到彼此的坚忍崛强的精神,还看见从新萌芽起来的将来的希望。

外来的打击其实倒是振作了我们的新精神。局里的生活,原如鸟贩子手里的禽鸟一般,仅有一点小米维系残生,决不会肥胖;日子一久,只落得麻痹了翅子,即使放出笼外,早已不能奋飞。现在总算脱出这牢笼了,我从此要在新的开阔的天空中翱翔,趁我还未忘却了我的翅子的扇动。

小广告是一时自然不会发生效力的；但译书也不是容易事，先前看过，以为已经懂得的，一动手，却疑难百出了，进行得很慢。然而我决计努力地做，一本半新的字典，不到半月，边上便有了一大片乌黑的指痕，这就证明着我的工作的切实。《自由之友》的总编辑曾经说过，他的刊物是决不会埋没好稿子的。

可惜的是我没有一间静室，子君又没有先前那么幽静，善于体贴了，屋子里总是散乱着碗碟，弥漫着煤烟，使人不能安心做事，但是这自然还只能怨我自己无力置一间书斋。然而又加以阿随，加以油鸡们。加以油鸡们又大起来了，更容易成为两家争吵的引线。

加以每日的"川流不息"的吃饭；子君的功业，仿佛就完全建立在这吃饭中。吃了筹钱，筹来吃饭，还要喂阿随，饲油鸡；她似乎将先前所知道的全都忘掉了，也不想到我的构思就常常为了这催促吃饭而打断。即使在坐中给看一点怒色，她总是不改变，仍然毫无感触似的大嚼起来。

使她明白了我的作工不能受规定的吃饭的束缚，就费去五星期。她明白之后，大约很不高兴罢，可是没有说。我的工作果然从此较为迅速地进行，不久就共译了五万言，只要润色一回，便可以和做好的两篇小品，一同寄给《自由之友》去。只是吃饭却依然给我苦恼。菜冷，是无妨的，然而竟不够；有时连饭也不够，虽然我因为终日坐在家里用脑,饭量已经比先前要减少得多。这是先去喂了阿随了,有时还并那近来连自己也轻易不吃的羊肉。她说,阿随实在瘦得太可怜,房东太太还因此嗤笑我们了,她受不住这样的奚落。

于是吃我残饭的便只有油鸡们。这是我积久才看出来的,但同时也如赫胥黎①的论定"人类在宇宙间的位置"一般,自觉了我在这里的位置:不过是叭儿狗和油鸡之间。

后来,经多次的抗争和催逼,油鸡们也逐渐成为肴馔,我们和阿随都享用了十多日的鲜肥;可是其实都很瘦,因为它们早已每日只能得到几粒高粱了。从此便清静得多。只有子君很颓唐,似乎常觉得凄苦和无聊,至于不大愿意开口。我想,人是多么容易改变呵!

但是阿随也将留不住了。我们已经不能再希望从什么地方会有来信,子君也早没有一点食物可以引它打拱或直立起来。冬季又逼近得这么快,火炉就要成为很大的问题;它的食量,在我们其实早是一个极易觉得的很重的负担。于是连它也留不住了。

---

① 赫胥黎(T. Huxley, 1825—1895):英国生物学家。他的《人类在宇宙间的位置》(今译《人类在自然界的位置》),是宣传达尔文的进化论的重要著作。

倘使插了草标①到庙市去出卖,也许能得几文钱罢,然而我们都不能,也不愿这样做。终于是用包袱蒙着头,由我带到西郊去放掉了,还要追上来,便推在一个并不很深的土坑里。

我一回寓,觉得又清静得多多了;但子君的凄惨的神色,却使我很吃惊。那是没有见过的神色,自然是为阿随。但又何至于此呢?我还没有说起推在土坑里的事。

到夜间,在她的凄惨的神色中,加上冰冷的分子了。

"奇怪。——子君,你怎么今天这样儿了?"我忍不住问。

"什么?"她连看也不看我。

"你的脸色……。"

"没有什么,——什么也没有。"

我终于从她言动上看出,她大概已经认定我是一个忍心的人。其实,我一个人,是容易生活的,虽然因为骄傲,向来不与世交来往,迁居以后,也疏远了所有旧识的人,然而只要能远走高飞,生路还宽广得很。现在忍受着这生活压迫的苦痛,大半倒是为她,便是放掉阿随,也何尝不如此。但子君的识见却似乎只是浅薄起来,竟至于连这一点也想不到了。

---

① 草标:旧时在被卖的人身或物品上插置的草秆,作为出卖的标志。

我拣了一个机会,将这些道理暗示她;她领会似的点头。然而看她后来的情形,她是没有懂,或者是并不相信的。

天气的冷和神情的冷,逼迫我不能在家庭中安身。但是往那里去呢?大道上,公园里,虽然没有冰冷的神情,冷风究竟也刺得人皮肤欲裂。我终于在通俗图书馆里觅得了我的天堂。

那里无须买票;阅书室里又装着两个铁火炉。纵使不过是烧着不死不活的煤的火炉,但单是看见装着它,精神上也就总觉得有些温暖。书却无可看:旧的陈腐,新的是几乎没有的。

好在我到那里去也并非为看书。另外时常还有几个人,多则十余人,都是单薄衣裳,正如我,各人看各人的书,作为取暖的口实。这于我尤为合式。道路上容易遇见熟人,得到轻蔑的一瞥,但此地却决无那样的横祸,因为他们是永远围在别的铁炉旁,或者靠在自家的白炉边的。

那里虽然没有书给我看,却还有安闲容得我想。待到孤身枯坐,回忆从前,这才觉得大半年来,只为了爱,——盲目的爱,——而将别的人生的要义全盘疏忽了。第一,便是生活。人必生活着,爱才有所附丽。世界上并非没有为了奋斗者而开的活路;我也还未忘却翅子的扇动,虽然比先前已经颓唐得多……。

屋子和读者渐渐消失了,我看见怒涛中的渔夫,战壕中的兵士,摩托车①中的贵人，洋场上的投机家，深山密林中的豪杰，讲台上的教授，昏夜的运动者和深夜的偷儿……。子君，——不在近旁。她的勇气都失掉了，只为着阿随悲愤，为着做饭出神；然而奇怪的是倒也并不怎样瘦损……。

冷了起来，火炉里的不死不活的几片硬煤，也终于烧尽了，已是闭馆的时候。又须回到吉兆胡同，领略冰冷的颜色去了。近来也间或遇到温暖的神情，但这却反而增加我的苦痛。记得有一夜，子君的眼里忽而又发出久已不见的稚气的光来，笑着和我谈到还在会馆时候的情形，时时又很带些恐怖的神色。我知道我近来的超过她的冷漠，已经引起她的忧疑来，只得也勉力谈笑，想给她一点慰藉。然而我的笑貌一上脸，我的话一出口，却即刻变为空虚，这空虚又即刻发生反响，回向我的耳目里，给我一个难堪的恶毒的冷嘲。

子君似乎也觉得的，从此便失掉了她往常的麻木似的镇静，虽然竭力掩饰，总还是时时露出忧疑的神色来，但对我却温和得多了。

我要明告她，但我还没有敢，当决心要说的时候，看见她孩子一般的眼色，就使我只得暂且改作勉强的欢容。但是这又即刻来冷嘲我，并使我失却那冷漠的镇静。

---

① 摩托车：当时对小汽车的称呼。

她从此又开始了往事的温习和新的考验,逼我做出许多虚伪的温存的答案来,将温存示给她,虚伪的草稿便写在自己的心上。我的心渐被这些草稿填满了,常觉得难于呼吸。我在苦恼中常常想,说真实自然须有极大的勇气的;假如没有这勇气,而苟安于虚伪,那也便是不能开辟新的生路的人。不独不是这个,连这人也未尝有!

子君有怨色,在早晨,极冷的早晨,这是从未见过的,但也许是从我看来的怨色。我那时冷冷地气愤和暗笑了;她所磨练的思想和豁达无畏的言论,到底也还是一个空虚,而对于这空虚却并未自觉。她早已什么书也不看,已不知道人的生活的第一着是求生,向着这求生的道路,是必须携手同行,或奋身孤往的了,倘使只知道捶着一个人的衣角,那便是虽战士也难于战斗,只得一同灭亡。

我觉得新的希望就只在我们的分离;她应该决然舍去,——我也突然想到她的死,然而立刻自责,忏悔了。幸而是早晨,时间正多,我可以说我的真实。我们的新的道路的开辟,便在这一遭。

我和她闲谈,故意地引起我们的往事,提到文艺,于是涉及外国的文人,文人的作品:《诺拉》,《海的女人》①。称扬诺拉的果

---

① 《诺拉》:通译《娜拉》(又译作《玩偶之家》);《海的女人》,通译《海的夫人》。都是易卜生的著名剧作。

决……。也还是去年在会馆的破屋里讲过的那些话,但现在已经变成空虚,从我的嘴传入自己的耳中,时时疑心有一个隐形的坏孩子,在背后恶意地刻毒地学舌。

她还是点头答应着倾听,后来沉默了。我也就断续地说完了我的话,连余音都消失在虚空中了。

"是的。"她又沉默了一会,说,"但是,……涓生,我觉得你近来很两样了。可是的?你,——你老实告诉我。"

我觉得这似乎给了我当头一击,但也立即定了神,说出我的意见和主张来:新的路的开辟,新的生活的再造,为的是免得一同灭亡。

临末,我用了十分的决心,加上这几句话:

"……况且你已经可以无须顾虑,勇往直前了。你要我老实说;是的,人是不该虚伪的。我老实说吧:因为,因为我已经不爱你了!但这于你倒好得多,因为你更可以毫无挂念地做事……。"

我同时豫期着大的变故的到来,然而只有沉默。她脸色陡然变成灰黄,死了似的;瞬间便又苏生,眼里也发了稚气的闪闪的光泽。这眼光射向四处,正如孩子在饥渴中寻求着慈爱的母亲,但只在空中寻求,恐怖地回避着我的眼。

我不能看下去了,幸而是早晨,我冒着寒风径奔通俗图书馆。

在那里看见《自由之友》,我的小品文都登出了。这使我一惊,仿佛得了一点生气。我想,生活的路还很多,——但是,现在这样也还是不行的。

我开始去访问久已不相闻问的熟人,但这也不过一两次;他们的屋子自然是暖和的,我在骨髓中却觉得寒冽。夜间,便蜷伏在比冰还冷的冷屋中。

冰的针刺着我的灵魂,使我永远苦于麻木的疼痛。生活的路还很多,我也还没有忘却翅子的扇动,我想。——我突然想到她的死,然而立刻自责,忏悔了。

在通俗图书馆里往往瞥见一闪的光明,新的生路横在前面。她勇猛地觉悟了,毅然走出这冰冷的家,而且,——毫无怨恨的神色。我便轻如行云,漂浮空际,上有蔚蓝的天,下是深山大海,广厦高楼,战场,摩托车,洋场,公馆,晴明的闹市,黑暗的夜……。

而且,真的,我豫感得这新生面便要来到了。

我们总算度过了极难忍受的冬天,这北京的冬天;就如蜻蜓落在恶作剧的坏孩子的手里一般,被系着细线,尽情玩弄,虐待,虽然幸而没有送掉性命,结果也还是躺在地上,只争着一个迟早之间。

写给《自由之友》的总编辑已经有三封信,这才得到回信,信封里只有两张书券①:两角的和三角的。我却单是催,就用了九分的邮票,一天的饥饿,又都白挨给于己一无所得的空虚了。

然而觉得要来的事,却终于来到了。

这是冬春之交的事,风已没有这么冷,我也更久地在外面徘徊;待到回家,大概已经昏黑。就在这样一个昏黑的晚上,我照常没精打采地回来,一看见寓所的门,也照常更加丧气,使脚步放得更缓。但终于走进自己的屋子里了,没有灯火;摸火柴点起来时,是异样的寂寞和空虚!

正在错愕中,官太太便到窗外来叫我出去。

"今天子君的父亲来到这里,将她接回去了。"她很简单地说。

这似乎又不是意料中的事,我便如脑后受了一击,无言地站着。

"她去了么?"过了些时,我只问出这样一句话。

"她去了。"

"她,——她可说什么?"

---

① 书券:购书用的代价券,可按券面金额到指定书店选购。旧时有的报刊用它代替现金支付稿酬。

"没说什么。单是托我见你回来时告诉你,说她去了。"

我不信;但是屋子里是异样的寂寞和空虚。我遍看各处,寻觅子君;只见几件破旧而黯淡的家具,都显得极其清疏,在证明着它们毫无隐匿一人一物的能力。我转念寻信或她留下的字迹,也没有;只是盐和干辣椒,面粉,半株白菜,却聚集在一处了,旁边还有几十枚铜元。这是我们两人生活材料的全副,现在她就郑重地将这留给我一个人,在不言中,教我借此去维持较久的生活。

我似乎被周围所排挤,奔到院子中间,有昏黑在我的周围;正屋的纸窗上映出明亮的灯光,他们正在逗着孩子玩笑。我的心也沉静下来,觉得在沉重的迫压中,渐渐隐约地现出脱走的路径:深山大泽,洋场,电灯下的盛筵,壕沟,最黑最黑的深夜,利刃的一击,毫无声响的脚步……。

心地有些轻松,舒展了,想到旅费,并且嘘一口气。

躺着,在合着的眼前经过的豫想的前途,不到半夜已经现尽;暗中忽然仿佛看见一堆食物,这之后,便浮出一个子君的灰黄的脸来,睁了孩子气的眼睛,恳托似的看着我。我一定神,什么也没有了。

但我的心却又觉得沉重。我为什么偏不忍耐几天,要这样急急地告诉她真话的呢？现在她知道，她以后所有的只是她父亲——儿女的债主——的烈日一般的严威和旁人的赛过冰霜的冷眼。此外便是虚空。负着虚空的重担，在严威和冷眼中走着所谓人生的路，这是怎么可怕的事呵！而况这路的尽头，又不过是——连墓碑也没有的坟墓。

我不应该将真实说给子君，我们相爱过，我应该永久奉献她我的说谎。如果真实可以宝贵，这在子君就不该是一个沉重的空虚。谎语当然也是一个空虚，然而临末，至多也不过这样地沉重。

我以为将真实说给子君，她便可以毫无顾虑，坚决地毅然前行，一如我们将要同居时那样。但这恐怕是我错误了。她当时的勇敢和无畏是因为爱。

我没有负着虚伪的重担的勇气，却将真实的重担卸给她了。她爱我之后，就要负了这重担，在严威和冷眼中走着所谓人生的路。

我想到她的死……。我看见我是一个卑怯者，应该被摈于强有力的人们，无论是真实者，虚伪者。然而她却自始至终，还希望我维持较久的生活……。

我要离开吉兆胡同，在这里是异样的空虚和寂寞。我想，只要离开这里，子君便如还在我的身边；至少，也如还在城中，有一天，将要出乎意表地访我，像住在会馆时候似的。

然而一切请托和书信,都是一无反响;我不得已,只好访问一个久不问候的世交去了。他是我伯父的幼年的同窗,以正经出名的拔贡①,寓京很久,交游也广阔的。

大概因为衣服的破旧罢,一登门便很遭门房的白眼。好容易才相见,也还相识,但是很冷落。我们的往事,他全都知道了。

"自然,你也不能在这里了,"他听了我托他在别处觅事之后,冷冷地说,"但那里去呢?很难。——你那,什么呢,你的朋友吧,子君,你可知道,她死了。"

我惊得没有话。

"真的?"我终于不自觉地问。

"哈哈。自然真的。我家的王升的家,就和她家同村。"

"但是,——不知道是怎么死的?"

"谁知道呢。总之是死了就是了。"

我已经忘却了怎样辞别他,回到自己的寓所。我知道他是不说谎话的;子君总不会再来的了,像去年那样。她虽是想在严威和冷眼中负着虚空的重担来走所谓人生的路,也已经不能。她的命运,

---

① 拔贡:清代科举考试制度:在规定的年限(原定六年,后改为十二年)选拔"文行兼优"的秀才,保送到京师,贡入国子监,称为"拔贡"。是贡生的一种。

已经决定她在我所给与的真实——无爱的人间死灭了！

自然，我不能在这里了；但是，"那里去呢？"

四围是广大的空虚，还有死的寂静。死于无爱的人们的眼前的黑暗，我仿佛一一看见，还听得一切苦闷和绝望的挣扎的声音。

我还期待着新的东西到来，无名的，意外的。但一天一天，无非是死的寂静。

我比先前已经不大出门，只坐卧在广大的空虚里，一任这死的寂静侵蚀着我的灵魂。死的寂静有时也自己战栗，自己退藏，于是在这绝续之交，便闪出无名的，意外的，新的期待。

一天是阴沉的上午，太阳还不能从云里面挣扎出来，连空气都疲乏着。耳中听到细碎的步声和咻咻的鼻息，使我睁开眼。大致一看，屋子里还是空虚；但偶然看到地面，却盘旋着一匹小小的动物，瘦弱的，半死的，满身灰土的……。

我一细看，我的心就一停，接着便直跳起来。

那是阿随。它回来了。

我的离开吉兆胡同，也不单是为了房主人们和他家女工的冷眼，大半就为着这阿随。但是，"那里去呢？"新的生路自然还很多，我约略知道，也间或依稀看见，觉得就在我面前，然而我还没有知道跨进那里去的第一步的方法。

经过许多回的思量和比较，也还只有会馆是还能相容的地方。依然是这样的破屋，这样的板床，这样的半枯的槐树和紫藤，但那时使我希望，欢欣，爱，生活的，却全都逝去了，只有一个虚空，我用真实去换来的虚空存在。

新的生路还很多，我必须跨进去，因为我还活着。但我还不知道怎样跨出那第一步。有时，仿佛看见那生路就像一条灰白的长蛇，自己蜿蜒地向我奔来，我等着，等着，看看临近，但忽然便消失在黑暗里了。

初春的夜，还是那么长。长久的枯坐中记起上午在街头所见的葬式，前面是纸人纸马，后面是唱歌一般的哭声。我现在已经知道他们的聪明了，这是多么轻松简截的事。

然而子君的葬式却又在我的眼前，是独自负着虚空的重担，在灰白的长路上前行，而又即刻消失在周围的严威和冷眼里了。

我愿意真有所谓鬼魂，真有所谓地狱，那么，即使在孽风怒吼之中，我也将寻觅子君，当面说出我的悔恨和悲哀，祈求她的饶恕；否则，地狱的毒焰将围绕我，猛烈地烧尽我的悔恨和悲哀。

我将在孽风和毒焰中拥抱子君，乞她宽容，或者使她快意……。

但是，这却更虚空于新的生路；现在所有的只是初春的夜，竟还是那么长。我活着，我总得向着新的生路跨出去，那第一步，——却不过是写下我的悔恨和悲哀，为子君，为自己。

我仍然只有唱歌一般的哭声，给子君送葬，葬在遗忘中。

我要遗忘；我为自己，并且要不再想到这用了遗忘给子君送葬。

我要向着新的生路跨进第一步去，我要将真实深深地藏在心的创伤中，默默地前行，用遗忘和说谎做我的前导……。

一九二五年十月二十一日毕

弟　兄

公益局一向无公可办，几个办事员在办公室里照例的谈家务。秦益堂捧着水烟筒咳得喘不过气来，大家也只得住口。久之，他抬起紫涨着的脸来了，还是气喘吁吁的，说：

"到昨天，他们又打起架来了，从堂屋一直打到门口。我怎么喝也喝不住。"他生着几根花白胡子的嘴唇还抖着。"老三说，老五折在公债票上的钱是不能开公账的，应该自己赔出来……。"

"你看，还是为钱，"张沛君就慷慨地从破的躺椅上站起来，两眼在深眼眶里慈爱地闪烁。"我真不解自家的弟兄何必这样斤斤计较，岂不是横竖都一样？……"

"像你们的弟兄，那里有呢。"益堂说。

"我们就是不计较，彼此都一样。我们就将钱财两字不放在心上。这么一来，什么事也没有了。有谁家闹着要分的，我总是将我们的情形告诉他，劝他们不要计较。益翁也只要对令郎开导开导……。"

"那……里……。"益堂摇头说。

"这大概也怕不成。"汪月生说，于是恭敬地看着沛君的眼，"像你们的弟兄，实在是少有的；我没有遇见过。你们简直是谁也没有一点自私自利的心思，这就不容易……。"

"他们一直从堂屋打到大门口……。"益堂说。

"令弟仍然是忙？……"月生问。

"还是一礼拜十八点钟功课，外加九十三本作文，简直忙不过来。这几天可是请假了，身热，大概是受了一点寒……。"

"我看这倒该小心些，"月生郑重地说。"今天的报上就说，现在时症流行……。"

"什么时症呢？"沛君吃惊了，赶忙地问。

"那我可说不清了。记得是什么热吧。"

沛君迈开步就奔向阅报室去。

"真是少有的，"月生目送他飞奔出去之后，向着秦益堂赞叹着。"他们两个人就像一个人。要是所有的弟兄都这样，家里那里还会闹乱子。我就学不来……。"

"说是折在公债票上的钱不能开公账……。"益堂将纸煤子插在纸煤管子里,恨恨地说。

办公室中暂时的寂静,不久就被沛君的步声和叫听差的声音震破了。他仿佛已经有什么大难临头似的,说话有些口吃了,声音也发着抖。他叫听差打电话给普悌思普大夫,请他即刻到同兴公寓张沛君那里去看病。

月生便知道他很着急,因为向来知道他虽然相信西医,而进款不多,平时也节省,现在却请的是这里第一个有名而价贵的医生。于是迎了出去,只见他脸色青青的站在外面听听差打电话。

"怎么了?"

"报上说……说流行的是猩……猩红热。我我午后来局的时,靖甫就是满脸通红……。已经出门了么? 请……请他们打电话找,请他即刻来,同兴公寓,同兴公寓……。"

他听听差打完电话,便奔进办公室,取了帽子。汪月生也代为着急,跟了进去。

"局长来时,请给我请假,说家里有病人,看医生……。"他胡乱点着头,说。

"你去就是。局长也未必来。"月生说。

但是他似乎没有听到,已经奔出去了。

他到路上，已不再较量车价如平时一般，一看见一个稍微壮大，似乎能走的车夫，问过价钱，便一脚跨上车去，道："好。只要给我快走！"

公寓却如平时一般，很平安，寂静；一个小伙计仍旧坐在门外拉胡琴。他走进他兄弟的卧室，觉得心跳得更利害，因为他脸上似乎见得更通红了，而且发喘。他伸手去一摸他的头，又热得炙手。

"不知道是什么病？不要紧吧？"靖甫问，眼里发出忧疑的光，显系他自己也觉得不寻常了。

"不要紧的……伤风罢了。"他支吾着回答说。

他平时是专爱破除迷信的，但此时却觉得靖甫的样子和说话都有些不祥，仿佛病人自己就有了什么豫感。这思想更使他不安，立即走出，轻轻地叫了伙计，使他打电话去问医院：可曾找到了普大夫？

"就是啦，就是啦。还没有找到。"伙计在电话口边说。

沛君不但坐不稳，这时连立也不稳了；但他在焦急中，却忽而碰着了一条生路：也许并不是猩红热。然而普大夫没有找到，……同寓的白问山虽然是中医，或者于病名倒还能断定的，但是他曾经对他说过好几回攻击中医的话；况且追请普大夫的电话，他也许已经听到了……。

然而他终于去请白问山。

白问山却毫不介意,立刻戴起玳瑁边墨晶眼镜,同到靖甫的房里来。他诊过脉,在脸上端详一回,又翻开衣服看了胸部,便从从容容地告辞。沛君跟在后面,一直到他的房里。

他请沛君坐下,却是不开口。

"问山兄,舍弟究竟是……?"他忍不住发问了。

"红斑痧。你看他已经'见点'了。"

"那么,不是猩红热?"沛君有些高兴起来。

"他们西医叫猩红热,我们中医叫红斑痧。"

这立刻使他手脚觉得发冷。

"可以医么?"他愁苦地问。

"可以。不过这也要看你们府上的家运。"

他已经胡涂得连自己也不知道怎样竟请白问山开了药方,从他房里走出;但当经过电话机旁的时候,却又记起普大夫来了。他仍然去问医院,答说已经找到了,可是很忙,怕去得晚,须待明天早晨也说不定的。然而他还叮嘱他要今天一定到。

他走进房去点起灯来看,靖甫的脸更觉得通红了,的确还现出更红的点子,眼睑也浮肿起来。他坐着,却似乎所坐的是针毡;在夜的渐就寂静中，在他的翘望中，每一辆汽车的汽笛的呼啸声更使他听得分明，有时竟无端疑为普大夫的汽车，跳起来去迎接。但是他还未走到门口，那汽车却早经驶过去了；惘然地回身，经过院落时，见皓月已经西升，邻家的一株古槐，便投影地上，森森然更来加浓了他阴郁的心地。

突然一声乌鸦叫。这是他平日常常听到的；那古槐上就有三四个乌鸦窠。但他现在却吓得几乎站住了，心惊肉跳地轻轻地走进靖甫的房里时，见他闭了眼躺着，满脸仿佛都见得浮肿；但没有睡，大概是听到脚步声了，忽然张开眼来，那两道眼光在灯光中异样地凄怆地发闪。

"信么？"靖甫问。

"不，不。是我。"他吃惊，有些失措，吃吃地说，"是我。我想还是去请一个西医来，好得快一点。他还没有来……。"

靖甫不答话，合了眼。他坐在窗前的书桌旁边，一切都静寂，只听得病人的急促的呼吸声，和闹钟的札札地作响。忽而远远地有汽车的汽笛发响了，使他的心立刻紧张起来，听它渐近，渐近，大概正到门口，要停下了罢，可是立刻听出，驶过去了。这样的许多回，他知道了汽笛声的各样：有如吹哨子的，有如击鼓的，有如放屁的，有如狗叫的，有如鸭叫的，有如牛吼的，有如母鸡惊啼的，有如呜咽的……。他忽而怨愤自己：为什么早不留心，知道，那普大夫的汽笛是怎样的声音的呢？

对面的寓客还没有回来，照例是看戏，或是打茶围①去了。但夜却已经很深了，连汽车也逐渐地减少。强烈的银白色的月光，照得纸窗发白。

他在等待的厌倦里，身心的紧张慢慢地弛缓下来了，至于不再去留心那些汽笛。但凌乱的思绪，却又乘机而起；他仿佛知道靖甫生的一定是猩红热，而且是不可救的。那么，家计怎么支持呢，靠自己一个？虽然住在小城里，可是百物也昂贵起来了……。自己的三个孩子，他的两个，养活尚且难，还能进学校去读书么？只给一两个读书呢，那自然是自己的康儿最聪明，——然而大家一定要批评，说是薄待了兄弟的孩子……。

后事怎么办呢，连买棺木的款子也不够，怎么能够运回家，只好暂时寄顿在义庄②里……。

忽然远远地有一阵脚步声进来，立刻使他跳起来了，走出房去，却知道是对面的寓客。

---

① 打茶围：旧时对去妓院喝茶、胡调一类行为的俗称。
② 义庄：以慈善、公益名义供人寄存灵柩的地方。

"先帝爷,在白帝城……。"①

他一听到这低微高兴的吟声,便失望,愤怒,几乎要奔上去叱骂他。但他接着又看见伙计提着风雨灯,灯光中照出后面跟着的皮鞋,上面的微明里是一个高大的人,白脸孔,黑的络腮胡子。这正是普悌思。

他像是得了宝贝一般,飞跑上去,将他领入病人的房中。两人都站在床面前,他擎了洋灯,照着。

"先生,他发烧……。"沛君喘着说。

"什么时候,起的?"普悌思两手插在裤侧的袋子里,凝视着病人的脸,慢慢地问。

"前天。不,大……大大前天。"

普大夫不作声,略略按一按脉,又叫沛君擎高了洋灯,照着他在病人的脸上端详一回;又叫揭去被卧,解开衣服来给他看。看过之后,就伸出手指在肚子上去一摩。

"Measles……"普悌思低声自言自语似的说。

"疹子么?"他惊喜得声音也似乎发抖了。

---

① "先帝爷,在白帝城……":京剧《失街亭》中诸葛亮的一句唱词。先帝爷指刘备,他在彝陵战役中被吴国的陆逊战败,死于白帝城(在今四川省奉节县东)。

"疹子。"

"就是疹子？……"

"疹子。"

"你原来没有出过疹子？……"

他高兴地刚在问靖甫时，普大夫已经走向书桌那边去了，于是也只得跟过去。只见他将一只脚踏在椅子上，拉过桌上的一张信笺，从衣袋里掏出一段很短的铅笔，就桌上飕飕地写了几个难以看清的字，这就是药方。

"怕药房已经关了吧？"沛君接了方，问。

"明天不要紧。明天吃。"

"明天再看？……"

"不要再看了。酸的，辣的，太咸的，不要吃。热退了之后，拿小便，送到我的，医院里来，查一查，就是了。装在，干净的，玻璃瓶里；外面，写上名字。"

普大夫且说且走，一面接了一张五元的钞票塞入衣袋里，一径出去了。他送出去，看他上了车，开动了，然后转身，刚进店门，只听得背后 Hong、Hong 的两声，他才知道普悌思的汽车的叫声原来是牛吼似的。但现在是知道也没有什么用了，他想。

房子里连灯光也显得愉悦；沛君仿佛万事都已做讫，周围都很平安,心里倒是空空洞洞的模样。他将钱和药方交给跟着进来的伙计,叫他明天一早到美亚药房去买药,因为这药房是普大夫指定的,说惟独这一家的药品最可靠。

"东城的美亚药房!一定得到那里去。记住:美亚药房!"他跟在出去的伙计后面,说。

院子里满是月色,白得如银;"在白帝城"的邻人已经睡觉了,一切都很幽静。只有桌上的闹钟愉快而平匀地札札地作响;虽然听到病人的呼吸,却是很调和。他坐下不多久,忽又高兴起来。

"你原来这么大了,竟还没有出过疹子?"他遇到了什么奇迹似的,惊奇地问。

"………"

"你自己是不会记得的。须得问母亲才知道。"

"………"

"母亲又不在这里。竟没有出过疹子。哈哈哈!"

沛君在床上醒来时,朝阳已从纸窗上射入,刺着他蒙眬的眼睛。但他却不能即刻动弹,只觉得四肢无力,而且背上冷冰冰的还有许多汗,而且看见床前站着一个满脸流血的孩子,自己正要去打他。

但这景象一刹那间便消失了,他还是独自睡在自己的房里,没有一个别的人。他解下枕衣来拭去胸前和背上的冷汗,穿好衣服,走向靖甫的房里去时,只见"在白帝城"的邻人正在院子里漱口,可见时候已经很不早了。

靖甫也醒着了,眼睁睁地躺在床上。

"今天怎样?"他立刻问。

"好些……。"

"药还没有来么?"

"没有。"

他便在书桌旁坐下,正对着眠床;看靖甫的脸,已没有昨天那样通红了。但自己的头却还觉得昏昏的,梦的断片,也同时闪闪烁烁地浮出:

——靖甫也正是这样地躺着,但却是一个死尸。他忙着收殓,独自背了一口棺材,从大门外一径背到堂屋里去。地方仿佛是在家里:看见许多熟识的人们在旁边交口赞颂……。

——他命令康儿和两个弟妹进学校去了;却还有两个孩子哭嚷着要跟去。他已经被哭嚷的声音缠得发烦,但同时也觉得自己有了最高的威权和极大的力。他看见自己的手掌比平常大了三四倍,铁铸似的,向荷生的脸上一掌批过去……。

他因为这些梦迹的袭击,怕得想站起来,走出房外去,但终于

没有动。也想将这些梦迹压下,忘却,但这些却像搅在水里的鹅毛一般,转了几个圈,终于非浮上来不可:

——荷生满脸是血,哭着进来了。他跳在神堂①上……。那孩子后面还跟着一群相识和不相识的人。他知道他们是都来攻击他的……。

——"我决不至于昧了良心。你们不要受孩子的诳话的骗……。"他听得自己这样说。

——荷生就在他身边,他又举起了手掌……。

他忽而清醒了,觉得很疲劳,背上似乎还有些冷。靖甫静静地躺在对面,呼吸虽然急促,却是很调匀。桌上的闹钟似乎更用了大声札札地作响。

他旋转身子去,对了书桌,只见蒙着一层尘,再转脸去看纸窗,挂着的日历上,写着两个漆黑的隶书:廿七。

伙计送药进来了,还拿着一包书。

"什么?"靖甫睁开了眼睛,问。

"药。"他也从惝恍中觉醒,回答说。

"不,那一包。"

---

① 神堂:供奉祖先牌位或画像的地方,也称神龛,一般设在堂屋的正面。

"先不管它。吃药吧。"他给靖甫服了药,这才拿起那包书来看,道,"索士寄来的。一定是你向他去借的那一本:《Sesame and Lilies》①。"

靖甫伸手要过书去,但只将书面一看,书脊上的金字一摩,便放在枕边,默默地合上眼睛了。过了一会,高兴地低声说:

"等我好起来,译一点寄到文化书馆去卖几个钱,不知道他们可要……。"

这一天,沛君到公益局比平日迟得多,将要下午了;办公室里已经充满了秦益堂的水烟的烟雾。汪月生远远地望见,便迎出来。

"嘘!来了。令弟痊愈了吧?我想,这是不要紧的;时症年年有,没有什么要紧。我和益翁正惦记着呢;都说:怎么还不见来?现在来了,好了!但是,你看,你脸上的气色,多少……。是的,和昨天多少两样。"

沛君也仿佛觉得这办公室和同事都和昨天有些两样,生疏了。虽然一切也还是他曾经看惯的东西:断了的衣钩,缺口的唾壶,杂

---

① 《Sesame and Lilies》:《芝麻和百合》,英国政论家和艺术批评家罗斯金(J. Ruskin. 1819—1900)的演讲论文集。

乱而尘封的案卷，折足的破躺椅，坐在躺椅上捧着水烟筒咳嗽而且摇头叹气的秦益堂……。

"他们也还是一直从堂屋打到大门口……。"

"所以呀，"月生一面回答他，"我说你该将沛兄的事讲给他们，教他们学学他。要不然，真要把你老头儿气死了……。"

"老三说，老五折在公债票上的钱是不能算公用的，应该……应该……。"益堂咳得弯下腰去了。

"真是'人心不同'……。"月生说着，便转脸向了沛君，"那么，令弟没有什么？"

"没有什么。医生说是疹子。"

"疹子？是呵，现在外面孩子们正闹着疹子。我的同院住着的三个孩子也都出了疹子了。那是毫不要紧的。但你看，你昨天竟急得那么样，叫旁人看了也不能不感动，这真所谓'兄弟怡怡'①。"

"昨天局长到局了没有？"

"还是'杳如黄鹤'。你去簿子上补画上一个'到'就是了。"

"说是应该自己赔。"益堂自言自语地说。"这公债票也真害人，我是一点也莫名其妙。你一沾手就上当。到昨天，到晚上，也还是

---

① "兄弟怡怡"：语见《论语·子路》。怡怡，和气、亲切的样子。

从堂屋一直打到大门口。老三多两个孩子上学,老五也说他多用了公众的钱,气不过……。"

"这真是愈加闹不清了!"月生失望似的说。"所以看见你们弟兄,沛君,我真是'五体投地'。是的,我敢说,这决不是当面恭维的话。"

沛君不开口,望见听差的送进一件公文来,便迎上去接在手里。月生也跟过去,就在他手里看着,念道:

"'公民郝上善等呈:东郊倒毙无名男尸一具请饬分局速行拨棺抬埋以资卫生而重公益由'。我来办。你还是早点回去罢,你一定惦记着令弟的病。你们真是'鹡鸰在原'①……。"

"不!"他不放手,"我来办。"

月生也就不再去抢着办了。沛君便十分安心似的沉静地走到自己的桌前,看着呈文,一面伸手去揭开了绿锈斑斓的墨盒盖。

一九二五年十一月三日

---

① "鹡鸰在原":语见《诗经·小雅·常棣》:"脊令在原,兄弟急难。"鹡鸰,原作脊令,据《毛诗正义》,这是一种生活在水边的小鸟,当它困处高原时,就飞鸣寻求同类;诗中以此比喻兄弟在急难中,也要互相救助。

图书在版编目（CIP）数据

鲁迅·自剖小说/ 鲁迅著；王晓明编.-- 上海：上海文艺出版社，2018
（新文艺·中国现代文学大师读本）
ISBN 978-7-5321-6794-4

Ⅰ.①鲁… Ⅱ.①鲁…②王… Ⅲ.①鲁迅小说－小说集

Ⅳ.①I210.6

中国版本图书馆CIP数据核字(2018)第205771号

发 行 人：陈　征
责任编辑：于　晨
美术编辑：周志武
封面设计：梁业礼

书　　名：鲁迅·自剖小说
作　　者：鲁迅
编　　者：王晓明
出　　版：上海世纪出版集团　　上海文艺出版社
地　　址：上海绍兴路7号　200020
发　　行：上海文艺出版社发行中心
　　　　　上海市绍兴路50号　200020　www.ewen.co
印　　刷：上海盛通时代印刷有限公司
开　　本：850×1168　1/32
印　　张：5.625
插　　页：2
字　　数：99,000
印　　次：2018年9月第1版　2018年9月第1次印刷
Ｉ Ｓ Ｂ Ｎ：978-7-5321-6794-4/I·5425
定　　价：24.00元
告 读 者：如发现本书有质量问题请与印刷厂质量科联系　T：021-37910000